Amor a la carta
Guadalupe García

Parasol Ediciones

AMOR A LA CARTA

HISTORIAS DE ENCUENTROS FALLIDOS EN TIEMPOS DE APPS

GUADALUPE GARCÍA

Amor a la carta
Historias de encuentros fallidos en tiempos de apps
Guadalupe García

1ª edición – **Ituzaingó: Leandro Gómez, 2024.**

ISBN 978-631-00-4017-2

Edición al cuidado de **Leandro Gómez**
Diseño y arte de tapa: **Parasol Ediciones**
© textos: **Guadalupe García**
© ilustraciones: **Guadalupe García**

1ª edición: **junio de 2024**

AMOR A LA CARTA

HISTORIAS DE ENCUENTROS FALLIDOS EN TIEMPOS DE APPS

GUADALUPE GARCÍA

Parasol Ediciones / 2024

*A mis padres y hermanos que siempre están pase
lo que pase. Son mis incondicionales.
Me hacen ser una bendecida.*

*A mi compañera indiscutida, pequeña y gigante a
la vez. Mi felicidad en envase chico.*

*A los amigos que ya de adulta me regaló la vida,
esa familia por elección.*

*A todos los momentos bisagra de esta bella
aventura llamada vida que me hacen ser la mujer
superpoderosa que me siento hoy.*

*A los hombres con los que me topé, que fueron
fuente de aprendizaje y experiencia plasmada hoy
en estas páginas.*

*Y a mis sucesivas terapeutas que supieron marcar muchas
veces el camino.*

PRÓLOGO

Ante todo, quiero agradecer a mi hermana, la autora de este libro, que es amiga, madre, profesional, mujer, joven, inteligente, pero sobre todo valiente.

Como comunicadora social, se atreve a tratar en estas páginas de su autoría completa el que considero uno de los temas fundamentales de la humanidad que desde la filosofía como madre de todas las ciencias, la sociología, psicología, el psicoanálisis y tantas otras disciplinas intentan sondear, descubrir, cuestionar; de qué hablamos cuando hablamos de amor, como dijera el cantautor músico argentino Andrés Calamaro. Agradezco enormemente que me haya encomendado prologar su ópera prima, pues me plantea el desafío de acompañar con la altura que se merece tamaño acto inaugural en su vida, la pregunta que se despliega en el recorrido de estas historias cuentos o crónicas que nos regala a lo largo de estas más de cien páginas. El amor es tan difícil como atrapante de determinar, los poetas de la historia, desde

Shakespeare hasta pensadores contemporáneos como Roland Barthes o el adorable Eduardo Galeano han sabido transmitir esa dificultad. Ahora bien, ¿en qué radica esa imposibilidad? En principio y con la única herramienta de la que puedo servirme podría decir que es su condición de imposible lo que le da en sí mismo posibilidad de existir. Porque que el amor existe, de eso no hay dudas. Pero cómo se alcanza, si de ideales habláramos la idealización, la magia, la fascinación, el enamoramiento, el encuentro, el much, el like, el cupido… etc. infinitos significantes que intentan representar, nombrar algo de eso que cualquier mortal debiera experimentar. Cosquilleos, mariposas, sonrojarse, volar, flashear, parirse, (vale el fallido) partirse en dos con la idea de esa media naranja que espera en algún lugar, ese príncipe o princesa, que puede tocar la puerta, esa voz en el teléfono, esa sonata de amor, esa serenata del Don Juan, amor cortés, amor fálico, sexual, genital, amor del bueno, amor mortífero, amor loco, amor tóxico, impulsivo, voraz, tierno, incestuoso, narcisista, psicopático, obsesivo, histérico…. Podemos extendernos hacia el infinito y encontrarnos siempre ante lo mismo: el amor toca algo de lo real en tanto lo imposible de decir, para eso no hay palabras. Sin embargo, hay cuerpo y el cuerpo es de algún modo las palabras con las que fue y es hecho, las marcas que nos quedaron de lo que hicieron con nosotros, aquellos nuestros primeros objetos de amor. Desde el origen primordial siempre se trata del amor. El hombre no puede estar solo, y así Dios creo para Adán una mujer a la que nombró Eva.

El psicoanálisis nos enseña que el inconsciente está estructurado como el lenguaje, el sujeto que ama no tiene palabras para representar eso que no puede decirse, pero que no cesa de no escribirse, según la premisa Lacaniana. Guadalupe García se lanza a intentar apresar algo de esa verdad que es siempre a medio decir con cada una de las historias de ficción y no tanto, de sus breves cuentos acerca del amor y me atrevo a decir del desamor también.

Al terminar su lectura nos queda un poco de sabor amargo, pues con la ironía, suspicacia y humor sagaz característicos de la autora, vemos cómo se va marchitando, cayendo, derrumbando esa idea o representación del amor completo, único, absoluto. Porque es la falta como estructuralmente proporcional al ser humano lo que Guadalupe puede ir escribiendo en cada una de esas historias amorosas truncas, sucias y desdichadas. Porque lejos de cerrar el círculo con el: "por siempre vivieron felices y comieron perdices", la autora sin darse demasiado cuenta, trabaja en un par conceptual del cual no pretende hacer un matrimonio ni unión completa: jugará con la relación amor y tiempo. Ambas son coordenadas por las que se va hilando la cuestión del amor en la época actual y cómo se juega en cada cual, por ello es tan singular y propio el modo en que precisamente hace trama de la trama amorosa. El coraje de Guadalupe radica en que se dispone a dar testimonio de un modo directo, genuino y frontal sobre los desencuentros y soledades en las que los sujetos de nuestra actualidad merodean y deambulan en busca de que alguno, al menos uno sea posible. Y en esa aventura y empresa que encara, se vale como comunicadora social del discurso como semblante que nos otorga una manera, entre tantas, de contar con el recurso de las palabras para reflejar los oscuros sombríos íntimos caminos y vueltas alrededor del amor que pueden atravesar la vida de un sujeto. El discurso amoroso es hoy de una extrema soledad, como lo trata Barthes en *"Fragmentos de un discurso amoroso"* (2014), es pues un enamorado el que habla y dice. Guadalupe dice en la soledad de sus impresiones, vivencias, opiniones e ideas desde su deseo de comunicar y expresarse. Escribe como tantos otros sobre el amor pero haciéndose y haciéndonos una pregunta ¿Realmente la gente quiere conocer-se? ¿Es real y posible un verdadero amor? O, tal vez estemos asistiendo a la posibilidad de encontrarnos ante un nuevo amor que va más allá del partenaire sexual. Las estadísticas a nivel mundial no sólo arrojan números llamativos respecto de la baja natalidad y las nuevas formas de parentalidades, sino que además la categoría no child -sin hijos- también permite pensar que eso va de la mano de una mayor cantidad de solos y solas lo que nada dice de esas figuras del solterón o solterona prácticamente y por suerte ya de-construidas desde las últimas décadas. Elección forzada o deseo de los sujetos de enredarse o conocerse y entablar vínculos diversos o nuevos, pero eso sin excluirlos de algún tipo de lazo social.

Ahora sí los invito a adentrarse en los divertidos, extraños, misteriosos e intrigantes relatos que nos trae la autora de **Amor a la carta: *Historias de encuentros fallidos***

en tiempos de apps, un convite a pensar de manera entretenida y sin pudor, qué hay de nuestros deseos y anhelos ante la posibilidad de un amor nuevo.

Ma. Evangelina García
Marzo 2024

Cap. I
Propuesta indecente

Laura está sentada en su sillón. Volvió de la ofi. Los pies cansados. Se descalza. Prende la hornalla para unos merecidos mates. Su jefe la saturó de trabajo. Y tiene una hora antes de que el padre de su hija traiga a su pequeña. Se separaron antes de que nazca la niña quien cursa ya su segundo año de vida. Fue una relación turbulenta, intensa, primigenia, larga pero sobre todo tóxica.

Ella logró salir de ese círculo tortuoso y se propuso no más vínculos nocivos en su vida. Su gran apoyo: su familia, amigos y principalmente su bebé.

Hoy con el diario del lunes, mira retrospectivamente su devenir como mujer y se siente fuerte. No sería la que hoy es sin ese pasado amargo, doloroso, pero a su vez y casi como un oxímoron en su vida: su renacer. Este volver a nacer la ha convertido en una muchacha más dulce, madura y que sabe lo que quiere.

Laura hace tiempo está sola o es sola. En fin. Cree que le ha llegado el tiempo de un compañero de vida ¿Pero en que góndola venden esta mercancía? *"La calle está dura, ha escuchado más de una vez, los hombres ya no son lo que eran antes. O lisa y llanamente: ya no quedan hombres"*.

Este escenario no la anima, pero no se da por vencida. Ha tenido citas a ciegas, candidatos que no le han gustado y muchos comentarios de redes plausibles de usar para dar con el indicado o al menos divertirse hasta que éste aparezca.

Así por recomendaciones de amigas y conocidos se anima con mucho prejuicio a abrir un perfil en Tinder, una de las aplicaciones de citas del momento de la que mucho se habla. Le da curiosidad, cierto miedo pero se anima a paso lento y casi como un voyeur a subir fotos. Claro que las fotos son ATP (aptas todo público), cuidadas diría un artista ¿Qué podría llegar a pasar si la ve allí, en ese depósito de solteros; un compañero de trabajo, un ex o peor aún un familiar cercano? Por tanto, sube sólo dos fotos actuales: una de rostro cercano y otra de cuerpo entero. En ambas completamente vestida, con un fondo digno —es para otro tomo hablar de la marginalidad de muchas fotografías- y obviamente sin hijos ni otra compañía. Le intriga saber cómo será su competencia, qué tipo de contenido sube, si son mujeres lindas, feas o chicas normales. Sabe que dentro de poco le espiará la app a un amigo suyo y podrá medirse en el mercado. Laura es tan sincera, siempre lo ha sido, que ni siquiera fantasea con retocar su imagen o poner una vieja. Es aquí cuando tropieza sin saberlo con su primer código en este mundillo: no se vale mentir. Si el primer paso para un posible encuentro es la atracción física, ella está segura de lo que es. Se gusta, no tiene complejos, se siente muy bien físicamente a sus 38 años. Lo malo quedó atrás, pero ella vuelve a estar de pie y en el mercado de los solos con altas chances de likes, piensa. Tranquilamente se sabe linda como para poder avanzar a una siguiente etapa.

El problema en ella es su estructura, sus prejuicios de estar con cierta vergüenza en un lugar como estos. Pero la realidad es que ella prácticamente no sale. Va del trabajo a su casa y de su casa al trabajo y es de las que piensan que donde se come no se caga. Ya lo hizo una vez en su vida con el padre de su hija luego de mucho rollo psicoanalítico y no funcionó. Prefiere mantenerse prolija en terreno laboral.

Decide resolver su eterna pelea con su superyó participando inactivamente en Tinder. Esto es ser sólo una observadora, minuciosa y obsesiva pero que no da corazones ni agrega una leyenda en su perfil.

Pasan muchos días hasta que vuelve a entrar a la app con sigilo, como si alguien la estuviese mirando y juzgando. Pero sabe que está limpia, no ha hecho nada comprometedor. Permanece en la fase antropológica de la observación.

De pronto y aunque recién está entendiendo cómo funciona este juguete nuevo, para su autoestima se encuentra con muchos likes y hasta mensajes. Con cuidado chusmea a esos virtuales candidatos: hombres grandes para ella, hombres pequeños etariamente hablando. Piensa que sus fotos son serias y esto lo asocia con el seguimiento de adultos de 50 a 60 años. No sabe bien por qué pero ese silogismo se le aparece en su cabeza ¿Y los más chicos por qué la likean? ¿Será la fantasía de la milf? No lo descifra aún. Ella sigue sin emitir en la red señal alguna. Pasan semanas y Laura continúa con inocencia entrando y saliendo de la aplicación y acumulando corazones. Colecciona perfiles y fotos de perfectos desconocidos.

Una tarde de domingo, Laura está finalmente lista para dar el siguiente paso: contestar un simple hola.

Y voilá se produce el intercambio. Laura responde con un tímido: —Hola.

Pronto del otro lado, llegará la propuesta inentendible para ella.

—Hola Lau, ¿te va un trío?

Perpleja no entiende el porqué de esta invitación. Se pregunta inmediatamente: ¿qué ha visto este sujeto en mí para semejante pedido? Su mente conecta con sus fotos. Las ha repasado una y otra vez antes de subirlas. Ellas no tienen nada extraordinario, llamativo o fuera de lugar. Son como quién dice, políticamente correctas. Nada en ellas remitiría a una propuesta indecente de este tipo. Tampoco han tenido un ida y vuelta que pudiera desembocar en algo así. Apenas dejando transcurrir varios días, ha respondido con un escueto: "Hola" ¿Qué le pasa a los tipos?, piensa desconsolada ¿Están todos locos? ¿O es que una fotito de chica bien, despierta la perversión? Nadie lo sabe.

Lo cierto es que así es el debut poco feliz de Laura en Tinder. Que por supuesto no le ha dado la acogida por ella esperada. Pasarán meses para que Laura vuelva a agarrar su celular con estos fines.

Cap. II
Gigoló

Clara es una joven simple, de unos 36 años. Mamá de una beba de 6 meses. Está separada. Delgada, alta, con cara de buena chica. Lo que sería una mujer perfecta para presentar como novia a los padres. Es tranquila. Tiene inquietudes por el arte: la pintura y la escritura. Nunca estudió la primera de estas ramas, pero se defiende bien ¿Será acaso porque le gusta y su talento es nato o porque pasa horas viendo tutoriales en Youtube sobre la temática? Persistente como pocas, insiste con lo que le gusta —acá no hablo de hombres, en ese plano ya lo contaré más adelante es reservada—, se tiene fe para los desafíos y se caracteriza por no alterar la paz de su entorno. Sí Clara nunca mejor elegido el nombre, es una buena persona. Buena amiga, buena hija, buena compañera de trabajo, etc.

Pero en el plano amoroso no ha tenido suerte. Dos relaciones largas que como suele suceder finalizó ella. Y luego un devenir de relaciones cortas, sin futuro y sin compromisos serios.

Cree estar preparada para darle una oportunidad al amor o desamor virtual. Tal es así que con ayuda de amigas, crea su perfil. Bajo por supuesto y con escasa información. Decía unas líneas arriba, es chapada a la antigua, tímida y de esperar que el hombre dé el primer paso. Para ella ya es un montón formar parte de la comunidad tinderesca.

Como era de esperar, Clara es muy bella; suena su primera notificación. Ella la ignora. Le parece muy de desesperada contestar ya. Deja pasar tiempo, horas, días, semanas. Pero este sujeto no se detiene. Sigue ahí estoico sin darse por vencido.

Clara es presa de la histeria que trae el mundo tecnológico ¿Contesto?, se interroga. Mejor no. Va a pensar que soy fácil. Pero las mujeres de hoy somos otras ¡Empoderadas! Avanzamos sin miramientos. Se se suena muy lindo, pero Clara es de la vieja escuela, sigue estando atravesada por el patriarcado y así le gusta que sea. En su corta vida, nunca ha dado el primer paso. Ni cree que revertirá esta conducta. De hecho, a ella le gusta que el varón se le acerque, que sea él quien tome la iniciativa. Hombres y mujeres no somos iguales y a su modo de ver, está bien que así lo sea. Piensa, además, si tiene interés en mí; hará lo necesario para que yo le conteste.

Lo que Clara no comprende es que las reglas del mundo virtual son otras. Elegimos candidatos/as como parte de un menú a la carta. Un dedo se desliza para la derecha o se aprieta un corazón. El otro camino, no tan amigable es la izquierda o nope. La cruz. Es así como tan sencillamente escogemos hombres como productos de la góndola del súper. Y esto se hace cada vez más rápido. Cierto que vivimos en una ciudad donde la velocidad y lo visual son las premisas rectoras. Clara aún no tiene este ejercicio. Por si no lo he mencionado, es su primera vez en Tinder. Está aprendiendo cómo se interactúa allí.

Mientras sigue dudando y armando suposiciones (Nota de la autora: uno de los grandes males de esta época. Tejemos, nos damos manija, nos rosqueamos y cada vez es menor el diálogo con el otro. Hasta terminamos vínculos por una mera suposición a la que vamos inflando, poniéndole iva, experiencias propias. En fin todo va en detrimento de encuentros genuinos), observa que su reciente perfil creado está ahí firme. Esto la intimida un poco. Verse en fotos ofreciéndose al mercado varonil como una mercancía. Podemos adquirir chongos en la góndola como cualquier otro producto sólo deslizando un dedo.

Pasan meses y Clara no habla con nadie.

Una tarde de lluvia, cree que es tiempo propicio para darle una señal. Es un premio a su persistencia. Pero hablemos de él. El candidato: lo llamaremos de aquí en adelante Mr. G. No podemos negar que le ha estado mandando mensajes todos los días y nada fuera de lo políticamente correcto.

Ahí va Clara a su encuentro.

—Hola Mr. G ¿cómo estás?

A partir de aquí comienza un ida y vuelta ameno entre ambos. Pasan por todas las preguntas de rutina referidas a trabajo, familia, hijos, lugar de residencia, etc.

Clara nota que escribe bien, no se come eses y tiene una voz tolerable. Lo que sí no le gusta es el uso y abuso del término bonita. Para Clara menos es más y nunca le cayó en gracia que la adulen en demasía. Pero siente que es algo que puede en esta instancia soportar.

Pasan días y ellos siguen conversando. Nada importante, sólo trivialidades. A Clara le han enseñado el A B C de las aplicaciones amorosas: pedir Instagram. Alguien sin redes es sospechoso y plausible de investigar, stalkear como se dice hoy a ese otro. En al año 2024, se vuelve dudoso un ser sin redes. La mayoría tenemos Instagram, Facebook los más viejos u otra red en auge.

Esta carencia la frena, pero sigue indagando. (NOTA DE LA AUTORA: recordemos que estamos ante perfectos desconocidos, extraños; sólo vemos fotos de un Mario, Ricardo, Pitu, Guille, …etc.). –¿Tenés fotos?, dale sacáte una foto y mostrámela, pide Clara. Mr. G. pone excusas, pero finalmente lo hace y se la manda. Inmediatamente, Clara compara las fotos del perfil con la que acaba de recibir y encuentra amplias diferencias sobre todo de años.

Ríe y en tono socarrón le exclama: ¡Las fotos de tu perfil son de cuando tenías 17 años, eso es trampa! Y retruca yo también puedo poner fotografías de mis 15 y estoy divina. Pero hay una cuestión de honestidad, mis fotos reflejan lo que soy hoy. Clara se pone solemne.

Mr. G. dice lo que muchos, una absoluta tontería: -Es que no tengo fotos. Clara sigue presionando, pero se lo deja pasar. Empieza a entender que uno al jugar en estos espacios, debe resignar, respirar hondo y aceptar. El ejército de reserva es muy grande. Si por cada hombre hay 7 mujeres, en esta app la cifra pareciera duplicarse. Se tranquiliza y sabe que más adelante apelará a su último recurso: una videollamada. Estrategia usada para comprobar la identidad del supuesto interlocutor. Es sabido y varias amigas la han atormentado con ello, que hay perfiles truchos. Que detrás de las redes se pueden esconder pedófilos, viudas negras, estafadores, entre otros.

Pero ella sabe que no es tonta y que se mueve tomando recaudos.

Las charlas siguen avanzando, hasta que un día notando que viven cerca lo invita a tomar unos mates a su casa. (NOTA DE LA AUTORA: regla fundamental, el primer encuentro físico nunca debe ser en el hogar de uno u otro. Siempre en un lugar público y con una amiga cómplice que sepa dónde será y acuda al rescate en caso de ser necesario). Clara elude esta premisa.

Ella está muy relajada. Ordena un poco su casa y cuando se dispone a preparar el mate tocan la puerta. Para su sorpresa se trata de su hermano y su cuñada. Y ahora ¿cómo hace para echarlos? ¿O para cancelar a Mr. G? Se calma mentalmente a sí misma repitiéndose cual mantra: les digo que es un amigo, un amigo. Así suenan palmas y Mr. G. está allí. No es Brad Pitt pero tampoco está tan mal. Lo hace pasar avisándole que está parte de su familia y que dijo que es un amigo. Todo transcurre naturalmente hasta que vuelven a llamar a la puerta. En esta ocasión: su madre ¡Pero la puta madre exclama Clara! Hoy se han puesto todos de acuerdo. Su madre no es de mandarse de una ¿Qué habrá pasado? Ahí recuerda que al estar separada y haber dado a su núcleo familiar la primera nieta, todos se sienten con derecho de ir a verla cuando quieran. Todos son un poco padres de la niña, aunque el padre esté vivo. Para su alegría la corta convivencia entre su familia y su conquista en Tinder resulta armoniosa. Unos mates por aquí, otros por allá. Los primeros en irse son su hermano y pareja. Luego su madre y por último, quedan a solas Mr. G., ella y su pequeña.

Para su grata sorpresa, Mr. G. es muy dulce con su pequeña. Está muy pendiente de sus necesidades. Esto le transmite a Clara seguridad, confianza y tranquilidad. Es una buena carta de presentación. Es día de semana, todos trabajan. La mateada llega a su fin. Clara y el Sr. G. se saludan con un beso en el cachete. Ha sido un primer encuentro aceptable para las eventualidades que se han presentado.

A los pocos días, se vuelven a ver. Otra vez en casa de Clara. Por fin se besan. Todo parece marchar bien. Piden empanadas y al momento de pagar, él no duda en sacar plata de su bolsillo y hacerlo. Tienen química, afinidad y Clara está agradecida de su actitud hospitalaria hacia la pequeña. Un verdadero caballero.

Mr. G. tiene un taller propio de autos y se jacta de trabajar en Aerolíneas. Eso a Clara mucho no le gusta. Pero para ese entonces es una nimiedad.

Los días siguen pasando y el vínculo se afianza. Hablan a toda hora. Se ven cada vez que pueden y la relación va adquiriendo día a día más complicidad y confianza. A Clara no le gusta que los encuentros por lo general transcurren tarde. Su pequeña y ella tienen una rutina. Clara muchas veces se cansa o duerme de esperar que Mr. G. termine con sus trabajos en el taller. Pero bueno ella sabe que en las relaciones hay que ceder; por eso lo aguanta.

Llega un día que es distinto a todos y que marcará sin saberlo Clara, el principio del fin. En unos de sus tantos encuentros, Mr. G. se muestra preocupado. Su expresión facial no es la de siempre. Tiene un rictus diferente. Se le nota tenso. Clara quiere saber qué le pasa. Ha sido ella, ¿algo anda mal entre los dos?; ella es muy de hacerse películas antes de tiempo. Decide dejar de hacer futurología, lo mira a los ojos y le pregunta: - ¿Estás bien? Te noto raro.

Inmediatamente, él la mira serio y pronuncia: —No, no nada, no te quiero involucrar. Son cosas mías que ya resolveré.

Ahí comienzan una pequeña discusión, porque él no quiere contarle y Clara, en cambio, insiste en que confíe en ella, que tal vez podría ayudarlo.

Luego de una breve pero amigable puja, con mucho apocamiento accede a contarle que la plata que le había dado a su ex para el colegio de la nena no estaba. (Mr. G tenía una única hija de unos 11 años). Lo habían llamado de la institución por meses impagos. Le había hablado a su ex mujer pero no había caso, la plata había sido destinada a otra cosa y no a la educación de su hija.

Clara era una buena madre y tenía debilidad por los niños. Desde ese instante en que él puso a su hija entre los dos, ella sintió como una premonición que algo andaría mal, que posiblemente esa plata que ya había decidido prestarle no la vería más. Pero la táctica era infalible. A Clara le mencionaban una injusticia para con un niño y no podía negarse a interceder. La historia la tocaba muy de cerca. En unos años podría ser su hija la que estuviese sin escolaridad paga.

—¿Cuánto dinero te falta?, preguntó comprometida con el problema.

—Mr. G.: dijo 70 mil, bueno en realidad... titubeó (...)
Y antes de que pudiera completar la frase, Clara lo frenó y le repreguntó: ¿cuánto?

—Mr. G.: bueno no quiero meterte, en realidad… pero no, es un montón, vos no tenés nada que ver… 120 mil dijo sin miramientos.

—Clara: Ok. Los tengo. Te los puedo dar. Si es por la nena, está bien.

Cabe destacar que Clara tenía ese dinero porque estaba ahorrando para cancelar la compra de un departamento de pozo. Caso contrario, ella vivía al día. Su economía era muy ajustada, alquilaba una casa vieja y el padre de su hija le pasaba muy poco dinero.

De todos modos, no le explicó el origen de este dinero y arregló para transferírselo al día siguiente.

Mr. G. le pedía disculpas una y otra vez y le juraba que se lo devolvería enseguida. A Clara no le importaba, ella siempre había sido muy desprendida con el dinero y se le armaba una ecuación rara, polémica en su cabeza cuando de afectos se trataba. Con los afectos la plata no importaba o mejor dicho para que se entienda bien. Nunca se pelearía con alguien de su círculo cercano por plata. Tal es así que Clara huyó de la casa que compartían con el padre de su niña en la cómoda zona de Parque Leloir, pulmón al lado del Camino del Buen Ayre, sin nada. Se fue con lo puesto y lo más importante su panza de 8 meses. Eso era todo lo que necesitaba y paz mental. Pasó de vivir en una casa muy hermosa a una pieza que rápidamente acondicionó su hermano mayor en la antigua casa de su abuela, donde todo entraba a presión. Esa habitación era un tetris perfecto. Pero ella aficionada a la decoración, le había dado en esos pocos metros cuadrados su impronta. Había hecho un milagro en ese antiguo cuarto de las cosas que no se deben ver en una casa. Era originalmente un guardatuti, un depósito de objetos sin destino. Lo que muchos denominan *"el país que no miramos"*, en clara alusión al recordado programa de televisión. De lo que Clara no tuvo dudas nunca fue de achicarse espacialmente, eso le trajo paz. Antes en cambio y paradójicamente, la perfección, la belleza y la amplitud la rodeaban; pero cuánto más bella quedaba esa gran casa también decorada y llena de objetos por ella reciclados, Clara más infeliz se sentía. Trabajó embarazada lo que más pudo, no quería volver del trabajo a esa casa con la bestia en que se había convertido su primer hombre con quien llevaban nueve años de relación.

Ella la llamó la casita del horror, nunca había estado tan angustiada y con la incertidumbre de ser primeriza, medicada y bajo el maltrato psicológico y económico de un sujeto que desconocía. Pero para su suerte, lo peor ya había pasado. Hoy estaba rodeada de gente sana ¿Qué significaba con esta historia prestar dinero? Nada. Así lo veía en apariencia en ese momento.

Fue así como al día siguiente, Clara llegó a su trabajo y le hizo la transferencia en concepto de 120.000 pesos a Mr. G. Ella era en demasía ordenada con sus pagos y con lo que prometía en términos de dinero. Acto seguido, Clara le envió un mensaje diciéndole que ya tenía la plata.

En su fuero íntimo, Clara sabía que era dinero perdido. Pero ya estaba en el baile y se puso su mejor vestido para bailarlo.

Al día siguiente, ella lo llamó inocentemente para confirmar que él hubiese realizado el pago en la escuela de su niña. Mr. G. tardó en contestar, pero luego de varios rings atendió con voz apesadumbrada: -¡Clara no vas a poder creer lo que pasó!, exclamó. Clara inmediatamente supo que le iba a decir que la plata no estaba. Lo presentía. Y su presentimiento se hizo real. Él le contó con poco detalle que habían entrado a su taller y le habían robado el dinero. Ella le reclamó de muy buen modo, era muy difícil que Clara se alterara, cómo había dejado la plata ahí. Para este momento más desconfianza se apoderaba de Clara. Pero ella seguía el juego.

Una leonina sin la mala prensa del signo, ella era cauta. Siempre repetía cuando alguien le preguntaba si alguna vez se enojaba; soy como un volcancito, acumulo y cuando ya ha pasado mucha agua bajo el puente ahí recién exploto. Por eso, cuando me cagan no hay margen de error, lo han hecho desde arriba de un puente. Y sin darse cuenta o sí, a esta altura estaba algo confundida, estaba sintiéndose así con Mr. G. y sus infortunios.

Ese día intentó guardar la calma y mantenerse paciente. Clara tenía una paciencia absoluta gracias a su ex. Muchas veces se comportaba como madre de sus parejas, aunque en el plano real sólo era madre de una menor de meses.

Clara volvió a prestarle dinero, una suma menor, alrededor de 25 mil pesos. Él dijo que se arreglaría y nuevamente la promesa de devolvérselo ni bien cobrara unos arreglos de unos coches que tenía en el taller.

Ella nunca entendió bien cómo era su trabajo en Aerolíneas y más aún cómo compatibilizaba ambos trabajos. Con la transacción de por medio, empezó a investigarlo en redes. Encontró una cuenta de Facebook con muy pocas fotos, las mismas del perfil de Tinder donde se veía muy joven. En la portada la fotografía destacada era él parado delante de un avión. Clara analizaba todo, en ese momento pensó bueno evidentemente en Aerolíneas trabaja. Él le explicaba que la modalidad allí era de rotación, y esto lo pudo corroborar con una amiga cuyo ex marido también trabajaba en la Companía. Le mostró a su amiga sus fotos pero nadie lo conocía. Encontró en la web su cuit y una denuncia. Él le había contado que estaba pagando a un ex empleado que le había robado una suma grande de dinero luego de una mediación.

Mr. G. le hablaba de la reputación de su taller, que tenía cierto nivel. Eso a Clara le daba gracia, nunca le gustaron las personas agrandadas, fanfarronas; pero bueno lo dejó pasar, aunque sí se puso a observarlo más de cerca.

Mr. G. también hacía alarde de sus frecuentes viajes a Miami para revender ropa. Y le precisaba a Clara que se quería ir en breve, le hablaba de las marcas de ropa que allí podía comprar. Ahí fue cuando Clara se entusiasmó como una niña con algunas compras que quería hacer y se lo propuso. Lo que ella nunca imaginó es que él, su novio a esa altura del partido, le iba a pedir la plata para esos encargos con anterioridad. Pero sin mostrar vergüenza y con la suma que le adeudaba, él efectivamente le pidió el dinero de antemano.

Clara ya en su cabeza iba tildando y haciendo cruces en casilleros imaginarios. Puso en la balanza que él le había arreglado el auto, una canilla del lavadero, le había regalado a su bebé dos conjuntos Carter´s y era muy dedicado con ella. Ah nota aparte, el arreglo del auto se lo había cobrado.

Los días pasaban y cada vez se les complicaba más verse, por sus horarios nocturnos e incómodos para Clara.

El viaje a Miami era inminente. El comenzó a apurarla para que le transfiriera el dinero. El importe ascendió ya que el cuñado de Clara sin saber toda la historia se anotó en el shopping y le pidió a Clara que pusiera el dinero, después arreglarían entre ellos. Todo quedaba en familia. Clara se decía para sus adentros: —¡Bueno la suma asciende a 300.000! Le transfirió la supuesta plata para las compras de Miami y pensó que Dios me aguarde.

Comenzó un tiempo en donde cada vez le costaba más verlo, ubicarlo.

Cuando lograba contactarse por celular, ella le reclamaba cuándo finalmente viajaría. Él le decía que en cualquier momento. Todo se volvía cada vez más raro, difuso y la ansiedad empezó a carcomer a Clara.

Acá ya entramos en la etapa de persecución de ella hacia él.

No había novedades del viaje ni devoluciones del préstamo. Todo era un gran mar de dudas.

Clara era una mujer fuerte, todo en la vida lo había logrado sola. Por supuesto tenía unos padres de oro siempre presentes y hermanos de fierro. Pero para ella 300.000 pesos —deuda alcanzada por Mr. G. hasta entonces— era un monto que le había costado muchísimo ahorrar.

Ella lo llamaba a toda hora y sus evasivas ya eran parte de su modus operandi. Las pocas veces que contestaba, lo hacía a las apuradas y nada sobre la plata. Ya prácticamente había cero contacto físico entre ellos.

A Clara le cayó con la claridad que su nombre indica la visión de que sería muy difícil recuperar el dinero. Y de que él no era un hombre de fiar. Si había algo que le sobraba a ella era tiempo, paciencia y creatividad. Fue ahí cuando puso en marcha su plan.

En primer lugar y para proteger su hogar y a su hija, lo denunció en la comisaría. Allí se le rieron: -Sra. a Ud. no la obligaron a prestar dinero, Ud. lo hizo porque quiso. No hay estafa alguna.

Clara indignada: —Pero yo quiero resguardar a mi familia y dejar por sentado que este hombre conoce todos mis movimientos y que si a mí me pasa algo se remitan a él. No tengo enemigos.

Después de que le tomen declaración en la seccional de su jurisdicción, dio paso a la siguiente fase: acosarlo, agotarlo, cansarlo, amenazarlo. Para esto tendría que actuar una Clara que nada tenía que ver con ella: sacada, gritona, amenazante, no conciliadora, etc. Fue así como aprovechando que era su día libre, es decir, su niña estaba con su padre; teléfono en mano lo llamó una y otra vez. No le dio lugar para hablar. En voz muy alta, le exigió su plata. Le avisó que ya sabía la lacra que era, que lo había denunciado y que iría a los medios a escracharlo porque en su trabajo tenía contactos con periodistas reconocidos. Él apenas podía balbucear, ella lo paraba en seco y le gritaba desde sus entrañas a fines de atemorizarlo.

Fueron días consecutivos de proceder así.

Pero esta estrategia no funcionaba.

Se venía entonces la fase tres. Ir a su domicilio, para escracharlo en el barrio. Para ello, tuvo que buscar un cómplice: su cuñado, el mismo que se había apuntado en el shopping maiamiense. A Clara le daba bastante vergüenza que esto tomara conocimiento en su familia. Pero estaba dispuesta como sea a recuperar su dinero que tanto esfuerzo le había costado conseguir. Que era el fruto de años de trabajo, disciplina y persistencia.

Le contó casi perdiendo la dignidad a su cuñado lo acontecido. Había escogido a éste por su tamaño. Cristian era bien gringo, grandote, alto, serio. Y con el acting que ella estaba dispuesta a desplegar, harían una buena dupla.

El martes ella pasó a buscar a su cuñado y se dirigieron al supuesto taller mecánico.

Llegaron y todo estaba cerrado. Ella bajó ya mimetizada en su personaje de hervidora de conejos. Los que han visto *"Atracción fatal"* entenderán la metáfora.

Era de día, el barrio desolado y en silencio. Clara venía a romper esa tranquilidad.

Un hombre al mejor estilo de Arquímedes Puccio que barría su vereda, la vio bajar y entre dientes y muy rápido le dijo, si vas ya a esa casa lo encontrás con su pareja, no sos la primera que viene. Ese tipo es una basura, lo peor del barrio.

Ella agradeció y cruzó a tocar timbre y cuando estaba por hacerlo, justo él salió sonriente hasta que la vió. Al verla se le desfiguró la cara. Su expresión cambió inmediatamente. Ella aprovechó para gritarle cual desquiciada: - ¡Dame la plata o le cuento todo a tu novia sinvergüenza!

Él quiso llevársela para su auto, ella le dijo te espero en mi auto. Él se dirigió detrás de ella. Ella no paraba de gritar y su cuñado puso un manto de piedad. La calló y muy tranquilamente le explicó a él: -Nosotros vamos a venir todos los martes hasta que canceles tu deuda, no importa cuánto nos des, pero todos los martes algo nos vas a reembolsar.

Las semanas pasaban y la dupla iba recuperando poco a poco el dinero.

Finalmente llegaron a juntar un poco más de 300.000 pesos cerrando una etapa nefasta de su paso por Tinder.

Cap. III
El secreto de una espalda

Para Sol era tan raro conocer gente de este modo moderno ¿Cómo el mundo había llegado a esto tan descartable, tan visual? Tampoco desencajaba tanto en un contexto donde los bebés eran elegidos por catálogo tras la subrogación de vientres. Sincerémonos y reconozcamos que la delantera la llevaban los bellos. La belleza como un valor en sí mismo, un ideal a alcanzar, una aspiración, cada vez era más ponderada. No era raro que las adolescentes soñaran con pechos grandes, labios carnosos y narices ínfimas. Las redes eran la gran mentira de vidas perfectas, fotos filtradas y el consumo materializado en su máxima expresión ¿Cómo se hacía ante este escenario para mirar almas en lugar de cuerpos? Más difícil aún, ¿cómo se hacía para encontrarse? ¿Para darse un abrazo fraterno y profundo? Todo era rápido, desechable y reemplazable.

¿Qué ofrecían estas apps de citas? ¿Encuentros? ¿O más bien llenar vacíos que no estamos acostumbrados a soportar? Pero en esos encuentros fríos, distantes y pasajeros ¿podía existir un vínculo auténtico y genuino? ¿O todo era ficción? Para Sol era casi imposible, pero era una muchacha separada con un hijo de 10 años y una vida que repartía entre trabajo y hogar. Salidas con amigas, pero con poco lugar para conocer varones.

Desconfiada pero protegida por cierto anonimato que ofrecen estas redes, creo su perfil. Fotos tranquilas, reales y lo más congruentes con su ser físico y espiritual. Otra vez erraba Sol. Espiritualidad, ¿acaso había espacio para esto en una app con candidatos habidos de sexo? ¿A alguien le importaba el interior del otro? Y no me refiero al interior de su casa y su mundo material. Eso sí era importante de ser mostrado. Sol era una joven que había viajado escasamente. Trabajadora como pocas, ahorrativa, se estaba pagando su casa peso a peso. No tenía entonces las típicas fotografías que parecían cotizar en Tinder o Happn: torre Eiffel de fondo, prácticas de snowboard en la nieve, playas caribeñas, viajes en lancha y por supuesto ropa diminuta. Fotos en traje de baño o ropa interior. En Tinder había que mostrar para ser un buen partido. Esto era sinónimo de un buen pasar económico y una facha de siete puntos para arriba. Si el cuerpo estaba bronceado mejor. Y si gozábamos de la fortuna de tener ojos claros ya éramos los favoritos de la app. Sol recordaba hasta haber visto fotos que le causaban gracia, hombres de ojos azules abriéndolos bien grande como para que no quedasen dudas ¿Sexi o gracioso? ¿O rozando el ridículo? Igual que el berretín de subir fotos con bendiciones como se dice simpáticamente hoy en alusión a los niños, al combo. Ella, madre, se preguntaba una y otra vez por qué la necesidad de subir fotos con las criaturas, si los que estamos de levante somos los adultos ¿Había tal vez un mensaje entre líneas a descifrar? Algo así como tengo buen lomo, plata y además soy buena madre. No lo entendía. Le parecía totalmente innecesario. Los más recatados pintaban las caritas de los niños. Está pero no se ve. Todo muy border. Raro. Eran las nuevas reglas para conocer gente. En la otra punta, fotos bizarras. Es que analizando sociológicamente sólo lo visual de estas apps, uno podía hacerse un festival de carcajadas. Mientras de un lado estaban los que podían ostentar; en el polo opuesto se encontraban los que posaban delante de una pared a medio terminar, sin revocar, los humildes, cuyas fotos rozaban lo marginal. Sólo mirando fotos uno podía distinguir el nivel socioeconómico del potencial candidato. Y ya adentrados en el chat escrito o por voz, la comunidad virtual se dividía entre los que hablaban medianamente bien y los que se comían eses o directamente no las tenían en su discurso. Ni hablar de la conjugación verbal. Eso ya era mucho pedir. A todos nos sucede; no es ninguna novedad que la tecnología ha ido en detrimento de la riqueza que otrora sabía tener el lenguaje. Ya hay muy pocos a los que les importa hablar bien. Estos grandes cambios tampoco escapaban al mundo tinderesco.

Sol una noche de invierno mientras esperaba que su hijo se durmiera comenzó a deslizar con desgano su dedo. Y allí le llamó la atención un hombre que mostraba muy poco: una espalda bien torneada y que aclaraba: fotos por privado. No pudo negar que esto le causó intriga, cierto morbo, otro tanto la erotizó aunque sabía de sus límites. Le dio casi sin pensar un corazón. Era tarde, la 1.00 a.m. Pronto se activó una notificación y ahí estaba él dando la voz. Comenzaron un diálogo muy trivial. Lo típico de rutina: situación sentimental, hijos, barrio, profesión. Hasta que en un silencio el Sr. Espalda le escribió: —¿Te puedo contar un secreto? —Sí, respondió inocentemente Sol. —Claro. Abrió sus ojos con asombro mientras esperaba que terminara de escribir. Y pronto se reveló en la pantalla el misterio. Mr. Espalda era casado y así se lo expresaba. —Sabés que tengo a mi mujer durmiendo a mi lado. A Sol no le gustó nada. Pero le repreguntó: —¿por qué le hacés esto? —Es difícil de explicar… —Sol lo cortó en su alocución y le dijo gracias, pero yo paso. No me gusta esto. Y rápidamente comprendió porque este misterioso hombre era sólo una espalda en la app.

Cap. IV
La gran estafa

Pero ¿qué pasaba con la mirada de los hombres respecto a estas apps de citas? ¿Se comportaban igual que las mujeres? ¿Era para ellos un simple receptáculo en busca de sexo? ¿Ellos también se llevaban chascos, sorpresas ingratas? ¿O se divertían? Algunos se atrevían a poner en su presentación que estaban en búsqueda de una relación estable ¿Sería verdad o parte del enganche?

Veamos la historia de Alejandro con una de sus citas.

Alejandro es un hombre de 46 años. Muy deportista. Cuida mucho su físico pero no tanto por estética, sino porque le gusta y disfruta de probar distintas disciplinas.

Por supuesto que la primera impresión es netamente por apariencia, lo corporal es lo que cuenta. Y él lo sabe. Sabe que para su edad está bien y así mismo, observa en una mujer su aspecto. Bueno, creo que como todos lo hacemos.

Se ha separado antes de pandemia y está rearmando su vida laboral y su tiempo libre. Ha tenido un cambio interno que lo llevó básicamente a desprenderse de muchas obligaciones que a su vez le traían confort; pero por sobre todo mucho stress. Esta decisión de vida le ha costado su matrimonio. Pero no todo es malo; Alejandro hoy tiene tiempo de calidad con sus hijos y la cabeza un poco más tranquila.

En sus ratos de ocio además de nadar, ir al gimnasio, andar en moto y otros rubros; decide conocer chicas por apps. Pronto ve que hace match con una joven muy bonita. Entre sus amigos dirían que está que se parte. Sí, es muy lindo su cuerpo. En este punto vale destacar que cuando estas cosas suceden en estas apps, lo usual es que uno desconfíe. Hay muchos perfiles truchos en las redes. Uno también se pregunta ¿qué necesidad tiene alguien tan hermoso de estar en este espacio? ¿Quizás quiere sumar seguidores a su cuenta de Instagram? Y lo segundo que se pregunta es: ¿esta persona tan bella me va a dar bola justo a mí? No es que haya un problema de autoestima, pero es confuso. O al menos sospechoso. Desmenucemos esto por partes y avancemos en el relato. Alejandro perplejo comenzó a chatear con Valeria, así se llamaba esta joven de cuerpo curvilíneo y llamativo. Desconfiado le consultó a un amigo suyo más joven si esas fotos eran truchas. Luego de que su amigo diera el ok de veracidad, siguió conversando. Otra premisa a tener en cuenta cuando de aplicaciones amorosas se trata, es saber que hay que operar ciertos filtros ¿Cómo sería esto? A ver, expliquémoslo brevemente. Hay distintas pruebas a las que exponer al candidato para que gane nuestra confianza. Como ya se ha dicho, y aunque todo vaya rápido, estamos siempre ante desconocidos. Por tal motivo, los movimientos que uno debe hacer luego de hacer match son los siguientes. De la app, saltar a redes como Instagram o Facebook por nombrar las más conocidas. Nota a tener en cuenta: sospechar de alguien sin redes. Y si hay red, el siguiente paso es stalkearlo. Es decir, investigarlo sólo un poco para también descubrir la veracidad o falsedad de esa cuenta. Hechas todas estas averiguaciones; y luego de haber hablado fluido demostrando de otro lado un verdadero interés, recién ahí se está listo para ir a la etapa final, aquella que nos termina sacando de la app: el conocerse por primera vez físicamente. Perdón he omitido un paso no menor sobre todo para los más desconfiados: pedir una videollamada para saber que esa foto es la persona con la que hablo. Si se niega, mejor olvidarlo. Muy bien, entonces estamos a punto de encontrarnos con el sujeto. Regla sine qua non: el primer encuentro siempre debe tener lugar en un espacio público: bar, restaurante, etc. y es imprescindible avisarle a un amigo por las dudas y por un pedido de rescate si queremos huir de ahí ¿Quién no ha apelado a este viejo recurso para zafar y huir de donde no queremos estar? Todos estos pasos que varias veces he citado son el manual para un tinder en principio real.

Alejandro cumplió todos los pasos a rajatabla. Sólo en la videollamada hablaron en un cerrado plano pecho.

Por fin quedaron en verse. Aquí hay que decir que los hombres son más osados o menos temerosos a la hora de conocer un otro. Saltean lo de encontrarse en lugar público citando a la persona en cuestión a su domicilio.

Así fue como Alejandro le pasó su dirección y se fue a la esquina a esperar a su presa. Estar parado a metros de su edificio le daba la opción de anticiparse y escapar. Esperó que se cumpla la hora pactada y nada. Los minutos corrían y la bomba sexual no asomaba. Alejandro y su ansiedad hicieron que la llamara. —Hola Valeria no te veo ¿Estás en la dirección que te dí?, preguntó. A lo que ella inmediatamente respondió: —Sí acá en el hall de entrada. Alejandro empezó a avanzar hacia el punto de encuentro con mucha curiosidad y confusión. Había algo que no cerraba. Ni bien llegó notó que no era la chica bella y sensual de las fotos. —¡Valeria!, exclamó. La muchacha giró avanzando con dificultad hacia él. Ella no sólo no era la de las fotos, además y aquí el debate abierto para otra ocasión, era renga. Alejandro la miró de arriba a abajo y no pudo evitar cierto enojo y reproche: —¡Me estafaste!, pronunció en tono elevado ¿Por qué lo hiciste? A lo que la joven deslizó un sincero: —Sabes lo que pasa: si yo no hago esto, no cojo ¿Era correcto el proceder de la muchacha? ¿Se avisa cuando hay una discapacidad? Alejandro recordó al instante un consejo de su padre: *en terreno sexual a veces había que hacer el favor porque de lo contrario uno en el fututo podía ser castigado.* Tenía esta idea casi karmática muy arraigada. Fue entonces que respiró profundo y en una actitud cuasi benéfica le dijo que entrara y en el silencio de cuatro paredes se guardó el secreto que dejaría en paz a Alejandro y satisfecha a Valeria.

Cap. V
Quien juega a ser Benjamin Button

Como en *El retrato de Dorian Gray*, todos deseamos ser jóvenes y bellos. Pero sabemos que no es posible la juventud eterna. Así es como negociamos permanentemente unos kilos más, menos, tiempo de ocio, gimnasio y vamos llevando el paso del tiempo cómo podemos. Unos nos sentimos bien con nuestro evolucionar, otros hace años no podemos mirarnos al espejo desnudos. La balanza es nuestra enemiga y en ocasiones nos presentamos con fotos viejas para transitar y aceptar este envejecer que indefectiblemente nos toca a todos.

Marysol era del reducido grupo, que se veía bien a sus 42 años. Poco había hecho en su vida a lo que deportes refiere. Con más razón, por haberse cuidado nada, gustaba de su cuerpo, su rostro virgen de cremas y su fisonomía en general. Suerte genética llámenlo, no lo sé.

En el extremo opuesto, se encontraba el misterioso Sr. Button. Su nombre en alusión a la popular película donde el protagonista Benjamin, al revés del común de los mortales nacía viejo y cada vez iba siendo más joven hasta llegar a ser neonato. Claramente, estamos parodiando este excelente film ¿Cuál es su paralelismo con esta nueva historia?

Marysol le había dado like a un joven de unos veintipico de años muy hermoso y joven. Se sintió atraída por su rostro, cuerpo esbelto, pelo oscuro sin canas y todo en su conjunto.

Comenzaron una charla fluida, dinámica y enseguida el Sr. Buttton quiso encontrarse para verla. Ella indagó sobre esas fotos pero cometió el grave error de no aplicar los filtros de los que hemos hablado tanto en capítulos anteriores. En este caso: una videollamada. Ahí se hubiesen desterrado dudas, conjeturas y la verdad hubiese salido a la luz. Y hubiese quedado demostrado que Benjamin en Happn era el del principio de la película y no el del final. Pero a Mary se le pasó por alto este ardid para descubrir al mentiroso. Sí, ella le había preguntado por las fotos: - ¿Son actuales? El respondió dubitativamente: -No tengo muchas fotos, pero son las que tengo de unos años.

Ella no quiso ponerse pesada y repreguntar ni pedir alguna llamada ao vivo. Confió. El peor error en el que podés caer en una app de citas. Ya dijimos y repetiré hasta el cansancio siendo este libro un manual de ayuda, que no deja de ser una comunidad de extraños. Y en este punto de no molestar al otro, quiero detenerme a hacer algunas salvedades. Las mujeres fuimos educadas para pasar desapercibidas. En la sociedad machista en la que me crié mientras menos sabíamos las chicas, mejor para los tipos. Así fui educada y formada yo por distintas instituciones. Debíamos ser sumisas, tranquilitas y estar siempre por detrás del hombre. De este modo, no representábamos un problema. Nos volvíamos fácilmente manejables, controlables. Este paradigma lejos estaba del actual definido brevemente en el empoderamiento femenino.

Marysol había sido formada igual que yo, bajo estos micromachismos. Y aunque se estaba empapando poco a poco de la marea verde, todavía cargaba con muchos resabios inconscientes de la joven calladita y que no cuestionaba nada. De haber sido criada bajo otra modalidad, se hubiese ahorrado un dolor de cabeza.

Los días transcurrían y la cercanía en el trato por whatsapp los hacía cómplices, compinches. Gozaban de lindas charlas, compartían gustos, anécdotas y habían prometido verse en unos meses cuando ella estuviese más organizada con su nuevo empleo. El la esperaría. Por el momento, así estaban bien.

Pasaron dos semanas y llegó el día tan esperado: se conocerían cara a cara. Mary estaba tranquila, nada podía salir mal. Le gustaba físicamente y también su contenido ¿Qué podía fallar?

Se citaron en un bar que les quedaba a mitad de a camino a ambos. Ella llegó puntual, él le avisó que estaba retrasado, que lo esperara.

Ella escogió una mesa para dos y lo esperó. Se comió varios amagues cada vez que un chico lindo rondaba la zona, pero no; no era su Button.

Cuando estaba distraída se acercó su presa y mirándola a los ojos le exclamó: —¿Me puedo sentar?

Marysol confundida le expresó: -Perdón aquí hay un error, no sos la persona que espero y volteó la cabeza. Cuando de pronto sintió que le tocaron el hombro. No le quedó opción que girar y escuchar lo que este sujeto tenía para decirle. —Marysol soy yo, tu cita. Miráme bien ¿No me reconocés? Ella se detuvo a recorrerlo con su mirada. Rasgo y rasgo de su rostro. Encontró similitudes con ese joven con el que chateaba. El problema era que ya no se trataba de un muchacho sino de su padre. Le había pasado una vida por encima.

Enseguida se enojó y le reprochó el porqué de las fotos mentirosas. El la miró con cara de víctima y le dijo que no tenía fotos. No se sacaba. Que las que había puesto las había encontrado en casa de su madre. La primera reacción de Mary fue enojarse, pero ella había aprendido muy bien que en esta vida el que se enoja siempre sale perdiendo. Rápidamente se le pasó por la cabeza una película de una joven que moría soltera y ella claramente sabía no querer eso para el final de su vida. Fue así como respiró hondo y le espetó: —Eso no se hace, no está bien. Yo te puse fotos verdaderas ¡Soy la misma en carne y hueso que la que ves ahí en la app! Volvió a respirar profundo, lo miró a los ojos, recorrió con su mano los surcos de sus arrugas en el rostro y otra vez fue esa niña que sabía no causar problemas diciendo a todo que sí. Finalmente, Marysol le hizo señas para que se sentara en su mesa y se dejó llevar.

Cap. VI
Ghost, la sombra del desamor

Verónica era una chica libre. Un poco bohemia. Cero posesiva y muy respetuosa del otro. Su psicóloga le había sugerido dejar de buscar candidatos en Tinder, Happn o Inner Circle. Le decía que allí no congeniaría con nadie. Claro Verónica era muy inteligente, sabía lo que quería y su madurez era demasiado para estas apps.

Estaba cansada de encuentros fallidos, gente rara y falsas expectativas. Pero también deseaba con todo su corazón que en su departamento de dos ambientes no convivieran por siempre su gata y ella únicamente.

Sí. Todas las noches Verónica se tomaba un rato para entrar a las apps y ver qué de nuevo e interesante había por allí. Hay que tener en cuenta que esto de enganchar a alguien, lleva trabajo. Entiendo que la cosa funciona más o menos así. Hay horas pico, calientes para estar la mayoría conectados. En consecuencia, y Verónica lo sabía a la perfección, había que tomarse el tiempo necesario y frecuente para coincidir con alguien. Como un trabajo cualquier otro. Persevera y engancharás, diría el refrán. Para que las cosas salieran bien, esto no era para ansiosos o faltos de paciencia. Aunque claro está hay personas muy locas en estas apps. Una cita y ya se quieren casar, por ejemplo.

A ella le sobraba actitud y método para toparse con gente que valiese la pena. Pero trabajaba mucho. Con lo cual su vida se resumía en trabajo y hogar. Sobre todo pos pandemia, más hogar con work office y menos oficina. No adhería a la idea de ligarse con compañeros de trabajo. Cerrada entonces la posibilidad de conocer a alguien del trabajo, prejuicio mediante, las opciones se iban estrechando cada vez más. El interrogante era siempre el mismo, que se repetía en rondas de café entre amigas solteras. Una mujer de casi 40 años ¿dónde conoce hombres? La respuesta, aunque a muchas les pesara en el siglo XXI, era una o tres: Tinder, Happn y/o Inner Circle.

Sin entrar en conflicto con esta premisa, Verónica todos los días y como parte de su rutina ingresaba a la app escogida y pasaba perfiles hasta detenerse en alguno que le hubiera llamado la atención gratamente. Estallido de match mediante, se pasaba a una sala de chat según los usuarios con bastante deleite. Si la cosa fluía bien, se intercambiaban celulares y la charla ya se desarrollaba en un ámbito si se quiere más privado.

Su interlocutor se llamaba Carlos. Oriundo de La Plata el joven de 46 años era arquitecto, divorciado y con 2 hijos adolescentes. Ella no tenía rollo con el hecho de que existieran bendiciones, a pesar de no tener propias.

En las reuniones otrora de tupper, hoy de historias frustrantes con chongos, potenciales novios, o simplemente "tinders" por englobar a todas las apps; era usual debatir cuasi estratégicamente cuándo era conveniente tener relaciones sexuales con el candidato en cuestión. Así las más puritanas, veían erróneo el encuentro carnal en la primera cita. Todavía hoy con el nuevo lugar que comenzaba a ocupar la mujer alzando su voz, se señalaba a la que disfrutaba de su cuerpo. Por supuesto esta actitud inquisidora era sólo con las mujeres y no con los hombres. Si el hombre tenía sexo en la cita 1 no había problema alguno. Éste no era juzgado. Siempre la exigencia y presión social o el mandato recaía sobre ellas. En una postura intermedia las menos pacatas consideraban que a esta altura de la adultez eso no se planeaba; sólo sucedía cuando el organismo lo pedía ¡Pero entonces nunca te tomarán en serio!, se escuchaba por allí. A los hombres no les gustan las chicas fáciles. Hay que hacerlos esperar a la tercera cita por lo menos, eso les da más ganas y te valoran. Horrible todo lo que se escuchaba y cómo las mismas mujeres aún hoy con el cambio de paradigma nos seguimos cuestionando si está bien en la primera, en la segunda o en la tercera cita. Como si este acto, determinara una trayectoria indeclinable. Imagínense un asado entre machos, ni por casualidad es un tema de discusión cuando ellos deciden gozar de su sexo. Es que creo que nos acercamos al punto quiebre del debate. El hombre goza de entrada, mientras que la mujer debe quitar culpas, represiones, miradas; para recién corriendo todo ese velo ver si es posible el disfrute. Misma raza, separada por un abismo. Unas estigmatizadas, los otros felicitados por la misma cuestión.

En fin, las mujeres nos lo cuestionamos todo hasta haciéndonos responsables de no ser elegidas. Así nos educaron, así cargamos con esta cruz densa. Nos acostumbramos a ser evaluadas por todo. De hecho en Tinder, muchos hombres escribían en su perfil requisitos que de no cumplirse anulaban posible match. Para que se entienda mejor: fumadoras abstenerse, madres también, chicas con rollos mentales, pasados no resueltos, etc.

Pese a todo, Verónica seguía buscando vaya a saber qué. Sí, lo sabía: algo mínimamente aceptable: una buena conversación, una copa de vino, un trato ameno, y después quién sabe.

A priori, Carlos parecía un tipo agradable, sencillo y sin vueltas. Se mostraba encantado con ella. Con su cabeza y su atractivo físico.

Quedaron en verse. Fijaron un lugar cercano para ambos. Hasta el día de la cita él le escribía al salir el sol, algo por la tarde y al caer la noche. Ella estaba asombrada. Se sentía a gusto, acompañada, agasajada ¿Podía haber salido este sujeto de Tinder, teniendo en cuenta pasadas historias con final inconcluso, extraño, raro?

Carlos hoy en la vida de Verónica marcaba la diferencia. Es que una se habitúa rápidamente a este detalle de escribir, de estar presente, aunque sólo sea del otro lado del celular. A todas nos gusta por supuesto sin ser una invasión este tipo de acompañamiento ¿Quién no quiere compartir cómo fue su día?, ¿quién no quiere que le deseen una bonita jornada? Todo parecía encantador. Carlos así lo hacía sentir.

Llegó el día en que se vieron por vez primera. Hermoso restaurante de la zona de Palermo, pescado y vino. Combinación perfecta. Charla interesante. Verónica estaba contenta y entusiasmada. Se sentía atraída. Finalizada la cena, el caballero la acercó a su casa. Se besaron apasionadamente en el coche. Sus cuerpos pedían más contacto carnal. Verónica se dejó llevar y lo invitó por un café a pasar a su departamento. El café se hizo esperar pero no el calor que había entre esos cuerpos. El café podía dilatarse pero no así la tensión sexual que respiraban. Lo demás ya lo saben, la historia de siempre, pasaron una hermosa velada en el restó y en la cama. A las 5 a.m. Carlos se vistió, la miró y le dijo la frase demoledora: —Bueno, vamos viendo y se marchó.

Hasta el momento que Verónica me cuenta esta historia, no hubo más noticias de Carlos.

Y la pregunta quedó rebotando en la mente de Verónica ¿Acaso había ella hecho mal en acceder al sexo en la primera cita?

Cap. VII
Un tóxico invisible

Paula de 38 años comienza a deslizar su dedo en la app de citas Tinder una noche aburrida antes de que un amigo suyo: real —sin rose—, la pasara a buscar para comer una hamburguesa. Muy rápidamente, descubre un perfil muy atractivo. En estas apps era difícil dar con chicos guapos ¿Por qué un chico/a lindo/a estaría allí?

Se preguntaba: ¿qué hace un chico tan bonito buscando candidatas? ¿acaso no se le regalan las chicas? Si parece modelo de tv. Con amplio repertorio deportista: surf, bici, nado obviamente acompañado de un cuerpo tallado a mano, ojos verdes: Willy era una invitación al infierno. Inmediatamente hicieron crush.

Paula se quedó perpleja, en el molde. Atónita ¿Justo el más lindo de la aplicación se fijó en mí? ¿Tan afortunada soy? No es que ella no fuese una muchacha bella. Es que Willy era de película. Un príncipe encantado. Y que encima hablaba y quería conectar rápidamente. Le pidió llamarla

¿Alma de viejo tal vez? Willy necesitaba escuchar la voz de su interlocutor. Era chapado a la antigua. Ella accedió sin dudarlo. De todas formas sería una charla corta, puesto que ya tocarían bocina por ella. Escuchó su voz, dulce, prudente, parecía coincidir con esas fotos. Hablaron poco y se fue.

Al día siguiente, por la mañana mientras estaba en su jornada de trabajo, para su asombro Willy hizo contacto. Con él todo iba muy rápido. Le encantaba hablar por teléfono. Pronto comenzó a dirigirse a ella con modismos tales como: mi amor. Paula entendía poco pero se dejaba seducir por la fantasía. Hablaron de sus historias de amor pasadas, de sus hijos y gustos personales. A Paula un detalle le llamó la atención. Al momento de hablar de sus críos, él se negó a dar su nombre. Explicó que era para protegerlo. También contó que no subía fotos de su hijo para no exponerlo y preservarlo. Willy se empezaba a mostrar ante los ojos de Paula como una gran incógnita, como alguien en principio misterioso y hasta con un sutil toque de rareza. No estaba en la media de los hombres que Paula en su corta vida adulta había conocido.

Ella se embaló con facilidad. De chica era muy Susanita. Entre ellos se forjó un vínculo contradictorio. Eran dos extraños sin haberse visto sus caras que se trataban como novios. Contradicción moderna, sólo plausible para las "relaciones" generadas en apps amorosas como Tinder.

Para Paula era muy nueva esta forma de vincularse virtualmente. Lo cierto es que sus días estaban atravesados por la llamada infaltable de Willy ¿A quién no le gusta acaso que un otro le pegunte al caer la noche cómo fue su día? ¿A quién no le agrada también que al salir el sol, le auguren una bella jornada? Paula compró este combo tentador. Todos los días mantenían largas charlas. Ella debía organizarse porque tenía una hija muy pequeña. Pero sin caer en una postura feminista, qué mujer no es capaz de armar un rompecabezas en su vida cotidiana y hogar, si desea hablar con un hombre. Todas lo hacemos. Se me viene a la cabeza la frase hecha: "querer es poder" Y Paula quería. Quería finalmente conocer en persona a Willy. Fijaron una fecha de encuentro. Él muy caballero y quizás hasta un poco agrandado, le decía que la pasaría a buscar en su chata por su casa. No le importaba la distancia. Ella del oeste y el de Caballito. Hablaron sin parar hasta llegado el gran día, donde la verdad saldría a la luz, y verían por fin si toda esa atracción y seducción que se jugaba en sus conversaciones telefónicas también estaría allí en el cara a cara. Ambos tenían mucha conexión, piel como se dice. Comenzaron a sentirse más cercanos. A seducirse. Ella le envío fotos de su cuerpo. Se sentía muy segura de sí, muy atractiva y antes de que sus carnes se cayeran se las regalaba a él en poses sexis y atrevidas. Él se volvía loco. La deseaba. Todo era como un hermoso sueño, húmedo; hasta que Paula comenzó a notar conductas posesivas de Willy. Raras. Alertas que en ese entonces ella no supo escuchar. Por ejemplo Willy pasaba del romance al enojo en cuestión de segundos. Enojos por supuesto injustificados. Si ella estaba en línea y tardaba en contestar, él la castigaba bloqueándola. Con el diario del lunes una verdadera locura. Pero Paula estaba mal acostumbrada a ser destratada por lo que no sabía poner un límite a la situación o fin directamente. En otra oportunidad, él también se ofuscó porque le reclamó a ella estar hablando con otro hombre de Tinder. Hasta le dio precisiones sobre este joven, que eran reales. Paula se asustó ¿cómo podía saber Willy de esta situación? ¿Serían amigos? ¿Sería Willy un hacker? Comenzó en ella a instalarse la idea que le hacía cada vez más ruido de tratarse de un perfil falso, trucho como se dice en la jerga más vulgar.

Gracias a la paciencia inconmensurable de Paula, se sobreponían a sus ataques de celos y su histeria whatsappera por las consecuencias que causaba el estar en línea y no contestar al instante. Un mal de esta época. Casi todos estamos al pendiente de fulano en línea y nos altera notar que no nos escribe. Deseamos ser elegidos también virtualmente. Especulaciones que genera esta nueva forma de comunicación. Me ve en línea y deja de estarlo a propósito. Es casi regla hacer esperar un rato a quién me escribió. Creo que son pocos los auténticos en redes. Uno se maneja más por lo mal que podría quedar si es genuino que realmente por el deseo. Se pierde la espontaneidad. Se trata de ser cauto en las cantidades de contactos. Es fastidioso manejarse así. Muy estresante y podríamos decir y esta es una hipótesis propia, que el chat genera ansiedad. Uno se cuida para no exponerse, para no mostrarse vulnerable, para que ese otro no nos haga daño. Preguntas tales como ¿por qué no me habla si estamos ambos en línea? Me pregunto ¿qué lugar queda librado al ser espontáneos y no calculadores? No puede ser todo estrategia ¡Cómo se sufren los vínculos modernos! Estamos atrapados en redes que nos limitan y hasta pueden generar malos entendidos. Hoy las relaciones empiezan y terminan por chat. Todos hemos sido testigos de algún amigo/a que indignado/a nos contó: ¿podés creer que me largó por whatsapp? Ni siquiera tuvo los huevos de tomarse un café, mirarme a los ojos y decirme se terminó. Estas son las reglas de juego de los encuentros o desencuentros modernos. Creo que muy pocos podemos soportarlas.

Primera señal de alerta. Llegó el domingo, día en que se conocerían. Paula estaba ansiosa, pero también ilusionada. Era el día esperado por ambos. Lo habían imaginado juntos. Habían fantaseado con ese primer contacto físico. Nada podía salir mal hasta que sonó el teléfono.

Era él dando una disculpa por no poder concurrir puesto que su hijo se tenía que quedar con él. Es en estos momentos donde nos ponen las bendiciones por delante, que los que somos padres quedamos en una encrucijada. Porque la prioridad siempre son los menores. A ella no le quedaba otra que creerle y esperar. Así fue como en los días sucesivos, siguieron hablando. Tuvieron sexting. También peleas a causa del nivel de toxicidad de Willy.

Paula le pedía fotos casuales, del momento actual porque ya el nivel de sospecha en ella era muy alto. Quería cazarlo. Desenmascararlo. Él le enviaba unas fotos que no coincidían con ese Adonis de su perfil. Era más bien un chico nerd poco sexi. Paula lo seguía estudiando. Hacía zoom a sus fotografías. Miraba con detalle los fondos. Lo buscaba en google. Él tenía un Facebook que despertaba muchas dudas y dejaba entrever cantidad de amigas mujeres. Hasta llegó a ampliar una remera de ciclismo para ver si la foto era nacional o extranjera. Todo llevaba a pensar que Willy era una mentira. Un día le mandó una foto de su mano y a ella luego de analizarla minuciosamente le dio la sensación que detrás de ese muchacho había un púber con hormonas en ebullición. Sus dedos eran gorditos como de un adolescente desordenado corporalmente. Claramente, no era la mano del deportista de su perfil. Lo raro era que la voz en el teléfono como aquella novela famosa de los noventa, si tenía más que ver con un joven adulto.

Ella cansada, le pidió una videollamada y él se negó. Ya estaba prácticamente casi todo dicho. Willy estaba cercado por Paula. Ya no tenía escapatoria.

Pero Paula siempre fue una joven prudente. Hasta no reunir pruebas fehacientes no lo incriminaría. Era parte de su personalidad. Tiempo al tiempo, la verdad siempre sale a la luz, pensaba. Aquí también se vislumbraba su paciencia. Ella solía enojarse después de mucho tiempo. No era de mecha corta. Era de enfadarse poco, justamente por este cauto modus operandi. Hasta no tener certezas irrefutables, no explotaba.

Se acercaba el fin de semana, Paula estaba sin su niña y la noche de la poca paciencia de ella enormemente justificada había llegado. Habían quedado en verse en un recital, pero no quería llegar a esa instancia. A estas alturas, Willy la atemorizaba. Además pensaba no es el del perfil de Tinder. Nuevamente pondrá una excusa y cancelará. Estaba muy enojada y parada en la delgada línea que divide la verdad de la mentira. Estaba dispuesta esa noche a confirmar de qué lado estaba parada. Se había hartado de su toxicidad, sus enojos de la nada, sus bloqueos, de la conducta repetida y violenta de desagendarla por fantasmas suyos. Se hartó y lo encaró. Le propuso sin miramientos y titubeos: - si sos quién decís ¡vení a buscarme ya! Él puso excusas. Ella se embroncó más y le gritó que tuviera la delicadeza al menos de borrar sus fotos hot. Por suerte nunca había mostrado su rostro. Otra regla básica para estas redes, nunca exponemos la cara o algún rasgo físico que nos identifique como ser un tatuaje, cicatriz o lunar llamativo. Por ese lado, se quedó tranquila pero indignada —¡Sos una mentira!, le gritó. Y como todo narcisista con rasgos psicopáticos él era la víctima. Nunca admitió haber mentido. Paula se enojó y esta vez ella cortó el teléfono y lo bloqueó.

Y así fue como de la noche a la mañana el príncipe Willy se convirtió en sapo. Y su perfil fue denunciado por Paula en Tinder.

Cap. VIII
Ojos que no ven

Martín hacía poco estaba separado. Era difícil lidiar con la vuelta a la casa de sus padres. El ver menos a sus hijas y al mismo tiempo tratar de acomodarse para volver al ruedo.

Después de 20 años de casado y con las nuevas condiciones cibernéticas, ¿cómo se hace para conocer gente? Más cuando tu vida se resume en trabajar y volver a casa ¿Y cómo se hace esto sin perder lo poco que queda de dignidad volviendo a la casita de los viejos, a la habitación de soltero? Debo reconocer que para el varón tras una separación las cosas se ponen más complejas. Por lo general, es él quien debe dejar el hogar conyugal, pasar la cuota alimentaria y ver menos a sus hijos. Por supuesto que para la mujer el 24/7 de ser madre también se pone arduo. Pero no atraviesa en la mayoría de los casos el tránsito por la casa de los padres. En fin, este es un debate para otro libro. El punto es que Martín sentía que algo tenía que hacer para no sentirse tan miserable.

Siempre hay un amigo que nos tira el dato del momento. Y Martín no sería la excepción. La última vez que él había encarado a una chica —antes de su ex mujer—, había sido en un boliche. Ella le había pasado su teléfono fijo. Y luego de que atendiera su padre, habían concretado ir a tomar un helado. Claro había un abismo entre esa otrora realidad y las pautas de la posmodernidad. Emilio su amigo de la infancia, le explicaba cómo era hoy que se ligaba con una chica.

Nada de boliches. Ambos pisaban los 50 años. Tampoco funcionaba lo de bares o cruceros para solos y solas. Rozaba la vergüenza. Hoy todo pasaba por las aplicaciones de citas le decía Emilio. Así fue que en su celular, luego de borrar contenidos que no usaba, consiguieron espacio para bajar Happn. Martín tenía la app pero desconocía su funcionamiento ¿Qué hago ahora con esto? ¿Me puede ver todo el mundo? ¿Si me ven mis hijas adolescentes? Sería una desgracia. Pero él era un tipo inteligente, académicamente bien instruido, con un alto cargo en la empresa en que trabajaba; en fin, podía lidiar con esto.

Comenzó a googlear —hoy todo se averigua a través de un click— cómo funcionaba Happn.

Era fácil. Se armó rápidamente un perfil decente: pocas fotos, nada del otro mundo, de cerca, cuerpo entero, sin hijos obviamente, nada estrafalario, y sin descripción alguna; lo que diríamos un perfil bajo, estándar, de la media. No estaba dispuesto a pagar para descubrir quién le daba corazón, eso ya era estar en el subsuelo, en el piso ya se sentía. Cabe aclarar en este punto que en estas aplicaciones uno puede pagar para saber qué sucede del otro lado: algo así cómo quién me mira, a quién le gusto, todo tendiente a habilitar más coincidencias en menos tiempo. Pero él no estaba desesperado. Así que lo suyo fue sin transacciones monetarias ¡Qué pase lo que tenga que pasar! O no. Activó sus notificaciones y la acción comenzó.

Habló con algunas chicas que ghostearon, desaparecieron de pronto. Y aquí es donde uno no sabe si porque escogieron otro candidato más atractivo o cerraron la app, o vaya a saber por qué. Son todas especulaciones. Hay que decir como usuaria con interrupciones de estas apps, que los lazos aquí son muy lábiles, inestables. Hoy te hablo sin parar, mañana no te registro. Tal vez es parte de la impunidad que da este pseudo anonimato. O sucede también que insisto en que me des tu celu y luego ni te escribo. Están los que buscan ampliar su caudal de seguidores, por lo que utilizan estas aplicaciones sólo para aumentar su popularidad. A veces se vuelve muy ingrato. Pero creo sólo se trata de saber dónde nos estamos metiendo. Es este espacio cibernético un lugar donde las personas son fácilmente reemplazables, desechables y la posibilidad de un encuentro amoroso en el sentido más amplio del término es casi un ideal inalcanzable. La zanahoria que se nos escapa de las manos cual conejos. En estas apps de citas funcionamos como conejos por no decir el verbo, vulgar, eso sí; pero sin zanahoria. Razón por la cual la gente está por temporadas en estas aplicaciones. O las tiene pero no entra seguido. Terminan cansándolo a uno, me animo a inferir.

Con otras señoritas siguió conversando y la vida o vaya a saber qué, hizo que terminará afianzando sus charlas con una chica llamada Sandra, de unos treinta y pico. La conversación iba bien. Encontraron coincidencias en gustos, hobbies y otras discrepancias, pero no tantas; no eran un impedimento para seguir avanzando.

En qué momento uno está listo en estas apps para dar el siguiente paso, luego del celular Instagram, videollamada, etc. para invitar a su "happn" a salir ¿Hay un tiempo estipulado? ¿Hay una regla o norma? ¿O es simplemente tacto?

Martín había perdido el training. Fueron muchos años junto a la misma mujer. Ya no recordaba cómo se hacía esto de levantarse una mina. Prefirió dejar que la charla avanzara. Ya se lo habían contado casi todo: repaso por la historia familiar, zona de origen, amigos, parejas, hijos, profesión, lo usual que se habla a modo introducción y con excepciones en estos sitios. El formulario estaba lleno o eso parecía. Hablaron de cine, teatro, viajes, sueños, pasiones. Un repertorio vasto para tratarse de una red tan superficial.

La pregunta que me surge es: ¿se cuenta todo a ese extraño que está del otro lado? ¿Hay que ser completamente sinceros? ¿Se puede o debe apelar a mentiras "piadosas"? ¿O se guarda algo para uno mismo? ¿O para ese primer encuentro?

Martín estaba posicionado en la vereda de contarlo todo. No guardarse nada. Lo relacionaba con el respeto hacia el otro. Con el ser claros y francos. Pero estos valores ¿corrían en Happn? ¿Guardarse secretos era jugar sucio?

Todas preguntas sin respuesta y parte de un debate para otra ocasión.

Llegó ese día en que Martín pensó que era el momento de invitarla a salir. Dio el paso y Sandra aceptó gustosa. Quedaron en un bar cómodo en cuanto a distancia para ambos.

¿Cómo se reconocerían? Bueno estaban las fotos y ella le dijo que conocía el bar y lo esperaría en la barra. Martín aceptó.

Él se vistió canchero, pero sin exagerar. Se veían de tarde. Se perfumó y subió a su coche rumbo al bar.

Él tenía un defecto, era muy impuntual. Llegó un poco más tarde de lo acordado, aunque no tanto, quince minutos más tarde. Ingresó al lugar e hizo un rápido paneo con su mirada. A priori no la vio. Pero el lugar era grande. Se adentró en él caminando despacio y buscando con la mirada a esa chica de la que tenía como referencia unas fotos. Le pareció verla de espaldas en la barra. Como todo macho miró su figura y le gustó. Sandra estaba en línea. Se acercó y cuando ya le estaba respirando en la nuca le susurró: ¿vos sos Sandra? Sí, exclamó ella al tiempo que se daba vuelta y empezaba a palparlo. Martín no entendía nada hasta que al sentir sus manos recorriendo y reconociendo su cara, cayó. La mujer con la que había estado entablando algo así como un vínculo era no vidente y no se lo había dicho.

No pudo manejar la situación. Se sintió superado y engañado. Guardó silencio y casi en puntas de pie caminó hacia atrás hasta estar fuera del bar y luego con una sensación de a salvo, dentro del auto. Aceleró y se marchó. Al día siguiente ni bien despertó supo que no había sido un sueño y no dudo en bloquearla.

Cap. IX
La sonrisa que no fue

La definen como la curva más linda de la mujer. Es que tiene encanto. Dice más que mil palabras. Transmite. Es un arma de seducción. Ya hablamos de las fotos en estas apps. Y también mencionamos que se podría hacer un ensayo sociológico con tan sólo analizar las imágenes que protagonistas de aplicaciones escogen para su perfil. Más o menos ropa. Cara sexi, sonrisas, etc.

Guadalupe había dado con un joven guapo. Rubio. Alto. Ojos claros. Este sujeto tenía un denominador común en todas sus fotografías: no sonreía ¿Sería una estrategia acaso? ¿Qué misterio habría por descubrir?

Simpático él. Ella no se quedaba atrás y tenían un lindo intercambio.

Él le pedía verla. Ella estiraba un poco más el encuentro. Ya nos peguntamos ¿cuándo es el tiempo justo para pasar del chat al cara a cara? ¿Hay una regla? ¿Un protocolo a seguir? ¿Gana la espontaneidad? ¿Sos un cebado si te ves el mismo día que empezaste a charlar? Preguntas todas sin respuestas. Los más precavidos iban como la canción: *Des pa ci to*. Pie de plomo. Pisada firme. En el extremo opuesto, los más lanzados concretaban cita el mismo día que hacían match.

Lo cierto es que Tinder o Inner Circle no vienen con un manual para el usuario. Es prueba y error. Es suerte. Es chasco. Es un juego. A veces sale, a veces se pierde. Pero como dice el refrán: el que no arriesga, no gana.

Y Guada arriesgó. Con Juan, así era su nombre.

Él era de la zona, compartían profesión, cantidad de hijos, mismo género ¿Qué podía salir mal? ¿No pegar onda? No era tan grave.

Siguieron hablando. Todo marchaba bien.

Vivían cerca.

Los planetas se alineaban para que ellos se vieran.

Pero antes de continuar con la historia. Repasemos. Punto importante que repetiré hasta que quede grabado: la primera cita debe ser sin excepción en un lugar público. Si algo sale mal y por la inseguridad con que vivimos, es necesario tomar ciertas precauciones.

Punto dos. Un amigo/a debe saber nuestra ubicación y cómo va la cosa. Si la cita requiere cancelación, un s.o.s. tiene que estar habilitado. Una persona de nuestra estrecha confianza nos rescatará del lugar bajo una excusa urgente para salir de allí. Una mentira piadosa que nos haga evitar la cita con final fallido.

Ahora si prosigamos con el relato. Guadalupe se preguntaba: ¿será que la gente ya no sonríe? Las personas se muestran duras, rígidas como si eso les diera cierta tranquilidad al momento de manejar o peor controlar sus emociones.

Nada más bello que una sonrisa. Nada más hermoso que reír hasta que duela la panza. Reír a carcajadas en este mundo consumista y capitalista no está en alza. Somos como robotitos sin expresión. Todos clonados, hechos en serie. Pero no vulnerables. Una vez alguien dijo algo así como que enamorarse es otorgarle un poder al otro. El poder de hacerme daño, pero como ese otro me ama no va a hacer uso de ese poder. El sabio fue ni más ni menos que el psicólogo mediático Gabriel Rolón. Y será por ello que para que no nos hagan daño nos vestimos con esas corazas impenetrables que nos otorgan una pseudo seguridad.

La cuestión es que Juan no sonreía, no dejaba asomar sus dientes ¿Sería una pose?, se preguntaba Guada. Era raro porque en la charla era muy amable y espontáneo. Había algo que no cerraba.

Dejando de lado todo este rollo, Guada y Juan finalmente pusieron fecha y lugar. Una merienda matera en un restaurante conocido de zona oeste.

Ella llegó puntual, pero él lo había sido más. Guada estacionó su auto, introdujo un chicle en su boca para oler rico y bajó a buscarlo. Recorrió la vereda del lugar y ahí estaba parado él, fumando y apoyado en la reja. Se saludaron como si se conocieran. En un abrazo fraterno. Y entraron. Pidieron mate y un pan de campo. Al poco tiempo de comenzar a dialogar, Guada notó algo en su rostro que le hizo entender el porqué de todas sus fotos serio. Juan, fumador empedernido, tenía una dentadura muy deteriorada. Casi seguramente, por su relación estrecha con el tabaco. Ahí recordó una frase de su padre: *en la dentadura de un ser humano, se puede percibir su nivel socioeconómico.*

La cuestión fue que en pocos segundos el príncipe se había transformado en calabaza.

Ella era una chica muy sencilla, pero no pudo evitar sentir rechazo. Le dio asco compartir la bombilla. Pero era tan educada, que hizo su mejor esfuerzo y sin pensarlo y sin poder dejar de mirar su sonrisa desordenada, hizo tripa corazón y mateó con él.

Luego llegaría el momento de la despedida. Ella ya había decidido no darle un beso en su boca. Ese fue su límite. Y así fue como Guada aprendió la lección, otra máxima de las apps de citas para ella desde ese día: si no sonríe y muestra sus dientes es un nope ¡Que pase el que siga!

Sintió pena, no pudo confesarle el motivo real por el que prefirió no avanzar. Apeló a sus encantos, las mujeres tenemos esto de saber retirarnos de un vínculo de modo elegante, sin herir susceptibilidades. Y así fue un par de llamadas más insistentes hasta que apeló al famoso: ¡no sos vos, soy yo! Y estos dos extraños así sin más, dejaron de verse por una sonrisa que no pudo ser.

Cap. X
Unas tortas fritas en la Gaona

Yanina era la persona más trabajadora del mundo. Madre de una hija de siete años. Un pasado y presente turbulento con el papá de la menor, era lo que se dice una verdadera mamá luchona. De aquí para allá, intentando conseguir que no le faltase dinero a su niña. Era una miseria lo que el padre le pasaba. Ella, abogada de profesión, corría por Tribunales con carpetas y causas principalmente de familia. Siempre se las arreglaba para llegar a fin de mes. Frecuentemente de buen humor siendo el fiel exponente de lo que viven muchas otras mujeres. No tenía tiempo para cansarse o deprimirse. El tiempo para ella era oro y era tiempo laboral. De ocio poco y nada. Hasta que un buen día escuchó el consejo de una amiga: ¡Yani trabajás mucho, sos una gran mamá, pero tenés anulado tu costado de mujer! Y la vida pasa y los hijos se van. Crecen muy rápido y cuando menos lo notás, ya la casa está vacía. Así convencida por su compinche, se instaló en su celular standard una aplicación de citas. En esta oportunidad se trataba de Hapnn. Era muy intuitivo su uso. Se armó un perfil serio, verdadero y a fluir.

Al principio le daba vergüenza. La atravesaba la culpa de quien espía. Es que estas apps tienen algo de esto al igual que Instagram., Facebook, etc. Uno se encuentra observando si a los otros les va mejor en la vida que a uno mismo. Siempre, por supuesto, perdiendo de vista que las redes son una falacia. Nadie publica los momentos más privados e íntimos de soledad, angustia o llanto. En las redes sólo vale la buena vida, lo bien que le va a la pareja, la falsa felicidad, la aparente armonía y equilibrio de la vida ajena. Pero el engaño surte efecto. Uno inevitablemente se compara y se siente miserable al contrastar sus fotos con las de los otros.

En Happn pasaba algo similar, las fotos tenían muchos filtros, eran tomadas casi en el marco de agencia de turismo: así el protagonista posaba en la Fontana di Trevi, delante de la Torre Eiffel, en los Alpes Suizos, etc.

¿Había lugar para aquel que poco había viajado? ¿Era válida una foto con los pibes del barrio?, en un escenario normal, una sobremesa, con una vivienda de fondo austera. Parecía que no. Recordemos que ejercemos la ciudadanía sólo en el consumo. Somos lo que tenemos materialmente ¿El otro nos escoge por eso? Sí, en el capitalismo importa por demás lo material. El dinero está sobrevalorado ¿Los candidatos se eligen por lo que tienen o por lo que son? ¿Qué pasa si un joven me dice que no me puede pasar a buscar porque no tiene vehículo? ¿Es condición para abortar la cita? Y si cuando amago pagar la primera cita me agarra el dinero, ¿deja automáticamente de interesarme?

¡Cuánta contradicción! ¿No es acaso que buscamos la igualdad, el empoderamiento femenino? En fin, igualdad de condiciones. ¿Qué condiciones, cuándo, con quién? ¿Con una cita? Polémico. Pero para otro momento.

Comenzaron a hablar por el chat de la app, que por cierto es bastante incómodo, lento y, por ende, no hace dinámica la conversación.

Con algunas dificultades comunicativas, siguieron intentándolo. Se mandaron mensaje de audio lo cual es un montón. Pasar del escrito al audio en Happn o Tinder es exponerse. Pero ya lo habían hecho. Estaban jugados.

Él sin tanta vuelta fue el que comenzó: ¡lindo para una torta frita en la Gaona!, en un tono muy paisano que parecía una parodia.

Ella se quedó perpleja. Su voz interior le dijo: ¡¿tenés que exponerte a esto?! Vos estás para mucho más que la montaña de la Gaona. No es que Yani no fuera sencilla. Era adaptable, pero esa propuesta era demasiado. Si ella podía pagarse un café.

Al principio pensó que era una broma. Que luego del chiste se venía la invitación más acorde. Pero no hubo otra propuesta.

Ella le preguntó a qué se dedicaba. Y él le dijo algo así como: hago un poco de colocación de aires, changas, curso de refrigeración, paseo perros. Me las rebusco vio.

Yani había entendido todo, el muchacho en cuestión era un buscavidas y estaba ofreciendo una salida acorde a sus ingresos, si es que los había.

Ella muy simpáticamente le dijo que prefería por ahora no. Sintió eso que le pasa a muchas mujeres. Razonaba lo siguiente: si yo puedo darme este permitido en cuanto a primera cita, no voy a aceptar menos. Bien o mal, podemos estar de acuerdo o en desacuerdo con esta filosofía de vida. No obstante, a ella le alcanzó y le sobró para dar por concluida la conversación para siempre.

Cap. XI
De flatulencias y otras atribuciones

¿Dónde está escrito que hay que compartirlo todo con un amor? Habitación juntos, baño ¿mata el romance?

Fernanda creía que no. Definitivamente para ella tal como lo había visto de sus papás, todo era de a dos.

Conoció a Pablo. Él era intenso. Tenía 43 años y moría por tener un hijo. Venía de una ruptura con una mujer mucho mayor que él. Estaba muy roto. Según ella no era su momento para salir de cacería. Había mucho por sanar. Tal fue así que Fer comenzó a notar que de pronto se había convertido en la psicóloga de Pablo. Él necesitaba verla seguido. Ella mamá de Felicitas de 5 y con un ex problemático, hacía una catarata de maniobras para acomodar horarios y prestarle su oído. Siempre había sido buena escuchando. Y ésta no sería la excepción. Comenzó a notar varios inconvenientes en el vínculo que se estaba gestando entre ambos.

Ni bien hicieron match comenzaron a chatear. Él quería hablar a toda hora. El ritual era el siguiente: cenaba con sus padres. Pablo como muchos separados había regresado a la casita de los viejos como inmortaliza el tango de Julio Sosa. A su habitación de adolescente. A Fer eso como se dice ahora, ya de arranque se la bajaba.

Ella la luchaba, era una laburante. Y a fuerza de trabajo sostenía su alquiler y afrontaba las cuotas ascendentes de un departamento de pozo.

Pero Fernanda, de cualquier modo, lo bancaba. Entendía que era algo transitorio que atraviesa cualquier separado. No lo juzgaba. Lo entendía y acompañaba. Él se estaba armando su futura casa de soltero.

Como decía anteriormente, el ritual era cenar con los padres y luego hablar mucho con ella. La estaba pasando mal y Fernanda era una joven muy comprensiva. También había estado en ese lugar y podía sostenerlo emocionalmente desde su resurrección. Todos en esta vida morimos y renacemos de vez en cuando. Por algo él había aparecido en su vida. Tal vez, su misión era ayudarlo.

Él hacía terapia dos veces por semana y estaba por empezar un tratamiento psiquiátrico. Ella tenía experiencia en estar medicada. Lo había estado desde su embarazo/separación. Y justo se encontraba, paradoja de la vida, en un camino inverso. Él empezando a intoxicarse y ella en su etapa también gradualmente de desintoxicación. Se apoyaban mutuamente. Ella tenía miedo. Era la segunda vez que intentaba dejar la paroxetina. En su primer intento fallido por cierto, se había sentido muy frustrada por perder la batalla. Pero Fernanda iba para adelante. Había resurgido de sus cenizas. Se había deshecho en trizas y vuelto a rearmar. Sentía que su gran crisis, bisagra en sus 43 años devenida en oportunidad, la había convertido en la mujer fuerte y valiente que hoy era. Creía en los encuentros no sólo amorosos desde el sentido de pareja romántica, sino en los encuentros humanitarios, fraternales que la vida nos prepara para con nuestro aprendizaje ayudar a otro. Una resiliente que iba a devolver todo lo que en su momento le habían aportado otros. Y así la cadena de favores. Y de seguir al infinito habitaríamos una sociedad más amorosa, donde todos nos abrazáramos en nuestros dolores. Sí, Fernanda creía en las utopías. Desde pequeña cual leonina sabía que no tenía límites, que el amor cura y que ella estaba en este mundo por una misión. Mucho tiempo sintió que su vocación era lo comunitario, pero algo la frenaba a involucrarse. No era el momento. Estaba muy tomada por la maternidad. Ya llegaría el contexto apropiado. Pensaba que definitivamente su cruce con Pablo hablaba difusamente de algo de esto.

Pablo necesitaba que Fernanda lo escuchara y ella estaba dispuesta. Largas horas hablando por las noches. Ella madrugaba, tenía las demandas de su niña pequeña pero igual ahí estaba. Él se volvió un tanto dependiente y monotemático. Empezaron con largos chats, pasaron a videollamadas y finalmente se vieron la cara. Ese día que se vieron Fernanda lo recuerda como el día en que un príncipe bajaba de su carroza a su encuentro.

Él no pudo evitar tirársele encima y estamparle un beso. Para un primer encuentro había sido exagerado.

Almorzaron rico. Y fueron por el café a la casa de Fer. Ella se sintió acorralada, él quería a toda costa intimar y ella no estaba preparada.

Sintió que la situación se le iba de las manos. Él se había convertido en una fiera desenfrenada. La escena se volvió una lucha de fuerzas.

Claramente, ganaba Pablo. Era muy alto y fornido. Ella delgada. Pensó para sus adentros aturdida: "no tengo salida". No respeta mí no. Si tiene que pasar no voy a dar batalla. Fue al baño, salió desnuda y resignada. Y se entregó al acto.

Por supuesto, fue una mala experiencia. Él no funcionó. Ella se sintió culpable y terminaron dos cuerpos sin ropa en una cama fría hablando de la ex de él ¡Un horror! Se sintió aliviada cuando él se fue.

Pero por alguna razón no resuelta, lo siguió viendo. Ella evidentemente tenía que trabajar más en su amor propio. Siempre se ponía en el lugar de salvadora, aún a costa de romperse ella misma. Eso no estaba bien. Pero sintió que debía seguir apoyándolo.

Cada vez que su hija no estaba, él venía a su casa. No podían coger. Él la responsabilizaba en algún punto a ella. Fernanda se sentía presionada. Se le jugaba la idea de darle un hijo. Ella tenía pendiente transitar un embarazo con un compañero ¿Sería el indicado? Se confundía, le ganaba la ansiedad pero tenía la certeza de no soltarle la mano. Aunque luego con el diario del lunes comprendería que él en cierta forma la hacía responsable de su falla sexual y no la trataba bien.

Siguieron juntos. Pactaron pasar el invierno. Ella le dio tranquilidad, le dijo que no se preocupara por su déficit sexual, que eso no era lo que "ahora" le importaba. Él acordó.

Hablaban mucho. Bah, en realidad él era una máquina de hacer monólogos y siempre sobre el mismo punto.

De pronto, Fernanda empezó a darse cuenta, que Pablo claramente no había soltado a su ex. Le vivía hablando de ella, de cómo conectaban sexualmente ¿En qué lugar quedaba Fer? ¿Era su psicoanalista acaso? ¡Qué confusión sentía! Era increíble lo que pasaba y evidentemente el egoísmo de él no le permitía registrar lo que provocaba su recurrente conducta en Fernanda.

Ella pensaba que era una broma de mal gusto. No lo podía creer. Un día después de escucharlo una hora hablar de su ex y de lo que ya le había repetido tres veces, pensó en encerrarse en el baño y pedir un rescate a una amiga. Consideró la posibilidad de echarlo sin violencia. Pero era mucho para ella. Ese día en el sillón de su casa le dijo: hace una hora me estás hablando de Laura, tu ex. Me contás siempre las mismas historias. De corazón ¿por qué no vas a buscarla? Estás herido y para mí no la superaste. Andá a salvar esa relación. Él se escudaba en que ya estaba todo terminado. Pero claramente estaba obsesionado con ella.

Una escena frecuente era que a él le gustaba pedir comida chatarra globalización mediante, y sin preparación alguna como un simple vaso y plato se tiraba en la cama a devorar cual animal. Ella le decía de comer otras cosas más sanas. Era una chica running. Y él tomando del pico le respondía que no le venga con comida de putos. La imagen era la de la bella y la bestia. Unidos por el espanto. El tirado en la cama cómodamente cual cerdo. Era un cuadro grotesco.

Siguieron viéndose y el panorama comenzó a ser cada vez peor. A su cobardía de responsabilizarla del fracaso sexual que él traía consigo, se le sumaba su destrato. Una noche comenzaron juntos a ver su Facebook —el de Pablo—. Le mostraba mujeres y acotaba lo lindas que eran. Por supuesto en ocasiones anteriores quiso mirar el Instagram de ella y no se cansaba de castigar sus fotos con hombres. Su amistad actual con un ex, por ejemplo. Pero él nada deconstruido era el macho cabrío que podía jactarse de lo buena que estaba su prima delante de ella.

Fernanda puso un límite. Se enojó: —¡Estás en mi cama pajeándote con otras mujeres y conmigo al lado desnuda! ¡Es un montón! Él no la tomaba en serio. Se reía. No le daba entidad a su reclamo. Ella escalaba en su enojo. Él, cual psicópata, disfrutaba de alterarla.

Y de pronto cuando nada podía ser peor, a él se le escapó un gas. Recién se estaban conociendo. Ella río, lo hizo sentir cómodo. Lo invitó a pasar al baño que estaba al lado del cuarto. Le dijo con empatía te subo el volumen de la televisión así estás tranquilo.

Dijo que no hacía falta.

Mientras ella ordenaba y giraba por la casa haciendo las últimas rutinas antes de ir a acostarse, escuchó otro ruido. Esa bestia se seguía cagando sin vergüenza en su cama ¿Qué había quedado de aquel príncipe? Poco y nada. Estaba a un paso de romperse el hechizo. Ella lo increpó. Se dirigió a la habitación a la que se llegaba rápido. La casa era pequeña pero acogedora, aunque en esa temporada no se cogía. Lo increpó y le dijo anonadada: —¿te cagaste? Andá al baño. Él se sonrojó dos segundos, la miró y le dijo con toda su barbarie encima: —hay pensé que no se escuchaba. ¿Desde cuándo había tomado tamaña confianza?

¿Por qué Fernanda lo seguía aguantando? ¿Tan grande era el deseo de tener pareja a cualquier precio? ¿Tal era el deseo de ser madre? ¿Y con un espécimen así?

Sin dudas se volvería a equivocar ¿Por qué no se respetaba? ¿Por qué dejaba avanzar a ese primate en su escala de faltas de respeto?

Ella explotó, le dijo todo lo que en su cabeza aturdida sentía. Y otra vez, cuando él la veía sacada se acordaba que la tenía a su lado y la abrazaba. Pero ya era tarde.

Un día ella quiso hacerle un mimo y le envió una foto sensual. Cuando se la envió, esperó su reacción. Nunca imaginó semejante alteración. Él ofuscado y desencajado, la llamó y le increpó quién le había sacado esa foto y a cuántos más se la había enviado. Ella pensó que era una broma. Hasta que entendió que no. Y ahí se puso a tratar de explicarle que había sido un acto exclusivo para él, un regalo de su parte. No podía creer que no lo leyera así. Se asustó de su nivel de celos. Y comprendió que esas sorpresas no iban con él.

En otra oportunidad, recostados en la cama, ella arriba de él. Pablo comenzó a rodearle la zona baja de su cintura y tuvo la caradurez de insinuarle que tenía grasa. Sí, él que era gordo no tuvo reparos en hacerle un comentario peyorativo de su figura. En una época en que se comienza a instalar la idea de que no se habla de los cuerpos ajenos. Ella, sacada, le dijo: —¿vos me jodés? ¿Vos te viste? Él la hacía rebajarse a un lugar en el que parecían dos niños peleando.

Una noche, salieron a comer a lo grande como él siempre decidía. Nada liviano, todo calórico. Luego del plato fuerte, venía el café con las tortas. Ella que era de muy buen comer, quedaba asqueada. Recuerda que salían de la heladería y él en tono fuerte y bien a lo macho primitivo le dijo: —¡Ahora te peino para adentro! Y reía solo, sin parar como una bestia. Era la barbarie en persona. Puro estado animal. Toda la escena: dantesca. Un espanto.

El desenlace se acercaba. Un día ella perdió su tarjeta de débito y el la llamó. Ella le comentó lo sucedido y él en lugar de apoyarla, le hizo uno de esos desafortunados comentarios pocos felices que solía tener, que en lugar de contenerla la alteraban más y automáticamente le remitían a su ex: un narcisista empedernido. Fue en ese momento que Fernanda pudo ver con toda la certeza la película entera. Le dijo que esto no funcionaría. Y aunque le costaba incumplir promesas, las sostenía a toda costa, hizo una excepción saludable. Y lo eliminó sin más de su vida. Todavía era invierno.

Cap. XII
Los engaños de un tántrico o ¿tan tétrico?

¿Cuántas formas de amor conocemos? ¿Es que el amor acaso debe culminar en el coito? ¿O tal vez en una comunión espiritual más profunda, sin acceso carnal? ¿Quién lo sabe? ¿Quién tiene la verdad en estos terrenos? ¿Qué sucede cuando el cuerpo no acompaña los impulsos sexuales?

Según Freud estamos atravesados por la pulsión de muerte.

Para él, el sexo comienza desde que nacemos y se manifiesta de diferentes maneras. Separaba las pulsiones en: sexuales y de autoconservación. Las últimas presentes en la niñez mientras que las primeras en la adultez.

Ya ha definido Bataille al orgasmo como la pequeña muerte "ese período refractario que ocurre después del orgasmo femenino, el instante de una fantasía narcisista donde cada mujer se encuentra (Bataille, 1957).

¿Se puede tener sexo sin nuestra propia genitalidad? Para Natalia eran todas preguntas sin respuesta, polémicas o para un debate. Ella no era tan experimentada en su vida sexual. Había tenido una razonable cantidad de parejas sexuales a lo largo de sus 40 años, pero todas bajo un formato tradicional. Nada raro que escape a lo convencional.

Hasta que un día conoció a Juan. Un muchacho simple que vivía a unas pocas cuadras de su casa. De entrada, la sencillez de ambos fue un punto en común. Sintieron conexión. Hablaban todos los días. Ella solía preguntar a todos los tipos que conocía qué los apasionaba, esperando tal vez respuestas que caen en lugares comunes y hasta casi románticos: el arte, un atardecer, la música; pero con Juan se llevó una sorpresa. Él sin titubear le dijo: el sexo. Me encanta. Y acotó: estoy incursionando en el sexo tántrico.

Natalia sabía poco y nada de lo tántrico pero se animaría a la experiencia. Él le comentaba que se trataba de sostener el placer al máximo y estar en esta situación por horas. Los encuentros se convertían en jornadas muy extenuantes. Y todas con el mismo final: no había penetración ¿Hasta dónde se podía sostener esta situación? ¿Era natural o antinatural? ¿Era un contexto buscado o producto de un deseo reprimido?

Comenzaron las citas. Ella lo seguía a él. Era su aprendiz, sin saber bien a dónde iban. Comenzó a dudar. Será verdad que él disfruta de esto o tal vez tenga una disfunción sexual y ésta sea la manera que encontró de salir ileso y no quedar expuesto, pensaba aturdida Natalia por ser neófita en la materia. Las dudas se apoderaron de ella y de sus amigas, grandes detectives en el polémico caso Juan.

¿Ella estaba preparada para esta experiencia? Se interiorizó rápido en internet a ver de qué se trataba. Tenía sólo la información previa de que era una experiencia larga, lenta ¿Era importante el proceso o el final, el clímax?

Estaba entregada. Juan sería su guía.

Se vieron, se sintieron, se olieron, recorrieron sus cuerpos, se unieron en caricias eternas, en abrazos fraternos, se tomaron todo el tiempo para conocer sus cuerpos, sin prisa y con muchas pausas ¿Acaso no es lo que nos falta en esta vida? Tiempo. Que no vuelve, que es efímero. Que no se detiene. Ellos dos lograban en apariencia frenar el tiempo en una comunión eterna. Bella conexión. Todo lo que se jugaba aquí era el sentir, mejor dicho los cinco sentidos. Era como un gran poema vuelto carne. Era tratar esos cuerpos desnudos con respeto y calidad. Ella, en su ansiedad, pensó para sus adentros, de qué va esto: ¿en algún momento vendrá el desenlace? ¿Él adentro mío? Pero sin saberlo, estaban lejos de eso.

Un encuentro, dos encuentros. Demoledores. Involucraban cada parte del cuerpo humano, cada extremidad, cada terminación nerviosa. Lo que sobrevenía era el desenlace del placer llevado a su punto más álgido.

Tercer encuentro. Placentero como siempre, pero ella se animó a plantear: —Juan necesito que estés adentro mío y que los dos muramos ahí. Él se excusó en el uso del preservativo como pasa en la mayoría de los casos. Pero agregó que para él eso no era importante. A él le alcanzaba y le sobraba con sentirse y acariciarse al infinito. Y ahí empezaron las dudas, los desencuentros. Ella no negociaba la penetración ¿Pero por qué? ¿Le habían enseñado que el sexo era eso? ¿Qué no podía ser concebido de otro modo? ¿Qué le llenaba más el alma coger como conejos o fundirse en el otro y ser uno solo? ¿O buscar un equilibrio? Esto seguiría en debate.

Un día Juan le hizo una petición sin rodeos. A él le excitaba mucho que le hicieran pis en su genitalidad. Natalia se sintió desconcertada. Abrumada. Nunca le habían pedido esto. Se hizo la tonta. Le resultaba fácil eso y pasó de página.

Siguieron los encuentros. Ella luego de ellos se sentía débil para trabajar, para su rol de madre, etc. Le planteó que las jornadas no fueran tan extensas. Y le volvió a remarcar su necesidad de ser penetrada y eyaculada en su ser más profundo.

Cuando Natalia lo acorraló en este petitorio y entendió que él no cedería en su postura, ella se alejó y Juan fue un recuerdo de sexo tántrico o tan tétrico. La pregunta quedaba sin respuesta, pero abierto el debate.

Cap. XIII
Mentiras verdaderas

¿Puede ser una mentira el inicio de un vínculo?

¿Puede el mentiroso cambiar? ¿Puede ser la única mentira? En fin, ¿es un buen augurio? Evangelina había intentado lo que muchos: sacar un clavo con otro ¿Funciona? ¿O es simplemente tapar un vacío?

En pocas palabras, Evangelina sabía que no era lo ideal y que seguramente saldría mal, pero era su modo de atravesar sin dolor aparente la ruptura anterior.

Con premura escogió un perfil de un lindo chico y sin mucho preámbulo planearon conocerse. No hubo checklist. No hubo máximas de apps de citas que se aplicaron. El objetivo era claro. Conocer una persona que alivianara o nos distrajera de ese otro ya parte del pasado.

Fernando era su nombre. Evangelina tuvo la casualidad de resonar con un otro acelerado como ella. Los dos iban para adelante en quinta a fondo.

La charla por whatsapp: agradable, pero nada del otro mundo. Ella muy perceptiva, pudo notar que él hablaba raro. Un poco trabado, ansioso, aunque parezca contradictorio.

Evangelina era una joven de 46 años, muy sencilla. No se fijaba en el bolsillo de sus candidatos. Ella era solvente económicamente desde hacía mucho tiempo. En este mundo donde el feminismo decía presente a ella no le importaba pagar una cita, ser la que tenía auto… Cuando compartió en su oficina con sus compañeras que ella pasaría a buscar a Fernando, la miraron con ojos inquisidores y exclamaron al unísono: ¿Pero qué Fernando no tiene auto? ¡Y encima te pide que lo busques por la casa! Comenzó el panel a opinar indignado. Y cuando contó cuál era el plan de este primer encuentro más se desorbitaron los ojos de sus colegas.

Irían al río, pero no a un restaurante de esos que suele haber allí, caros y lujosos ¡No claro que no! Irían en modo picnic.

Él se comprometió a llevar una picada, las playlist que ella escogió y la limonada que tomaría Evangelina. A pocos días de la cita, él le escribió y le dijo que una picada era mucho dinero, que si no le molestaba compraba fiambre y armaba unos sanguchitos. Evan era muy atenta y cero prejuicios con el dinero. Le dijo que ella pagaba, que no había problema. Él insistió, si aceptás lo de los sanguches me hago cargo yo. Ella aceptó. Era muy gaucha. Y amaba el río. Sus conocidas le dijeron que estaba loca. Que ellas ni borrachas le daban chance de salir a un tipo sin auto y que proponía un picnic por la noche en el río.

Evangelina siempre iba en contra del común de la gente por lo que desestimó sus opiniones. Hasta las retó, las tomó por prejuiciosas ¿Cuál era el problema de que este muchacho estuviese pasando una temporada mala económicamente? Ella sin conocerlo, lo aguantaba.

Siempre fue de sentirse más a gusto con la gente de escasos recursos, con la humanidad de éstos y de camuflarse entre los poderosos. Era adaptable pero se divertía más con la creatividad del sin margen, que con los "problemas" de los que lo tienen todo aún sin saberlo.

Lllegó el día sábado. Calor insoportable en la ciudad y su vehículo sin aire acondicionado. Le habían pasado un número muy alto para arreglarlo. No entraba entonces en la lista de sus actuales prioridades. Sería para el mes siguiente. O si sobrevivía su amado Corsita a la ola de calor, pasaría al próximo verano. El invierno se soportaba solo. Acá al revés de la frase célebre del presidente democrático: "había que pasar el verano".

Sin más, subió a su auto y gps en mano comenzó su travesía. Intuía que iba a encontrar sorpresas pero ya estaba en el baile y no era de huir. Responsabilidad afectiva creo le llaman. Él le había mandado una foto de su rostro bastante cambiado.

No era el chico fachero del perfil. Ella fue por más y le pidió una foto de cuerpo entero. Él le dijo que si veía su panza no iría a la cita. Ella le dio su palabra y le dijo que iría igual. De todos modos, no mandó la foto.

Evangelina era una chica que lejos estaba de detenerse sólo en lo físico. Eso irremediablemente con el tiempo por más de que se le diera batalla, se caía. Ley de gravedad que nos llegaría y ganaría a todos. Ella siempre decía una pancita se perdona, puede ser bien compensada por una charla interesante. Esto último sí que no abundaba en las apps de citas.

Inició el camino hasta que llegó al punto que señalizaba lugar de destino. Lo llamó. Él le pidió que lo esperara un rato que estaba preparando el hielo.

Ardía en la ciudad. Puso baliza. Estaba entregada.

Veía venir chicos con barriga y pensaba éste puede ser. Y se comía el amague, hasta que por fin un muchacho de remera amarilla, morral y muchas bolsas se acercó a su auto.

No había dudas, era él, pero no por su similitud con las fotos. Nada más lejano, sino por esa panza que lo avergonzaba.

Ella ya supo que no sería una buena noche. En principio, no le atrajo y se sintió engañada. Había un abismo entre el perfil armado y la realidad arriba de su auto. Calor mediante se sumaron olores confusos. Él la abrazó, pero supo leer en su mirada que ella no lo escogía y que estaba enojada.

¿Por qué algunas personas repetían esta constante de engañar con fotos no actuales? Si en el cara a cara, la mentira caería por su propio peso y la verdad, inevitablemente, saldría a la luz.

No lo entendía. Ella era muy respetuosa y transparente en la selección de sus fotos. Pero no podía pretender que los demás tuvieran su proceder.

Desganada manejó hasta la plaza.

Él era una máquina de hablar. Tenía un comportamiento muy extraño. Se lo veía un tipo bueno. Con algunas carencias.

Estacionaron. Ella le propuso tirar una lona en el césped y él le dijo que sus rodillas no lo soportarían. Fueron a una mesa. La plaza estaba repleta de gente. A ella eso le garantizaba seguridad.

Se sentaron y él comenzó a extraer de las bolsas todo lo que había preparado. Se notaba con tanta dedicación. Fernando hizo una pausa, la miró con un dejo de vergüenza como el niño que se sabe en falta y no espera otra cosa más que el reto de su madre, y le afirmó: No te gusto. Ella seria le dijo: es que mentiste. No sos el chico de las fotos. Él con ternura dijo es que no me gusta cómo estoy. Estoy gordo. Ella lo interrumpió y le explicó yo también a los 20 tenía el culo por la nuca y era una bomba pero tengo que mostrar en mi perfil la que soy ahora a mis cuarenta y tantos. No vale mentir. Todos tuvimos un pasado de divina juventud. Reflexionaba: tiene que ver con el respeto al otro por conocer.

Él no podía defenderse. Sólo comenzó a contarle todo lo que le había sucedido hasta llegar a ser éste que estaba ahí sentado en la plaza.

Estuve internado, tuve un intento de suicidio. Fui adicto. Me recuperé, estuve meses tirado en mi cama. Una catarata de problemas.

Esas fotos según él eran de dos años atrás. Pero este muchacho había vivido mucho en ese lapso, era otra persona.

Se lo escuchaba muy fastidioso con la vida que tenía. Y por momentos hasta caprichoso. Le pedía a Evangelina que fuera su amiga. Estaba molesto con el hecho de escasear en amistades. Y le preguntaba también si ella lo escogería como hombre si él bajara de peso.

Era mucha información a asimilar para Evangelina. Estaba acostumbrada a haber conocido gente rara, pero esto lo superaba todo.

Él le contaba asombrado y casi entre líneas implorándole que no hiciera lo mismo; que las mujeres con las que salía se escapaban cuando iba al baño. Nota importante: manifestó tener un problema por el que cada quince minutos necesitaba ir a orinar. Allí no había baño por lo que él se alejaba para hacer su necesidad.

Evangelina ya no entendía nada. La cita no podía ser más bizarra. Y recién arrancaba. Ella sentía compasión y le juró que no se iría, pese a que la estaba pasando pésimo. Estaba conmovida y le daba pena.

Evangelina tenía la tendencia de querer ser un poco salvadora del Otro con problemas. Era un rasgo de su personalidad trabajado en terapia ¿Y su bienestar? ¿Y su amor propio? ¿Dónde quedaban?

Su valioso tiempo era puesto en una causa benéfica. Hacer sentir bien a otro: extraño por cierto y hasta por momentos peligroso ¿Qué había mal en ella que hacía caridad con sus vínculos?

Cuando ya todo no podía ser peor, la realidad superaría ampliamente la ficción. Él le contaba que le sangraba la nariz y cada vez que volvía del "baño" lo hacía con dos cornetes en las fosas nasales ¿Podía existir algo menos erotizante y ridículo?

Sentía que la gente de la plaza la observaba con una mirada cuya traducción era: ¡pobre mina!

Evangelina dudaba de todo. De las palabras que este especial sujeto vomitaba de su boca. Sí, se dio cuenta enseguida que estaba ultra medicado y se lo dijo. A lo que él asintió. No le creyó que no siguiera drogándose. Para ella, cada escapada al baño, de la que volvía con sangre en su zona nasal era un nariguetazo como dicen en la jerga.

Quería irse, escapar, ser rescatada por algún amigo —con los que de hecho lo había pactado-, pero le ganó la lástima y la rectitud con la que había sido criada que le impedían incumplir una promesa.

Se entregó al desencuentro nefasto que estaba aconteciendo y pensó tranquilizarse cual dice la canción: "Todo termina". En algún momento ella lo dejaría en su casa y éste sería otro capítulo de su libro. Una anécdota para sus amigos.

Avanzada la noche, él le contó que era especialista en Messi, que lo buscaban del mundo para saber datos precisos de la vida del ídolo. Que nadie en el universo, aunque pecara de soberbio, sabía más de Messi que él.

Describió una escena en la casa de Rosario donde el ídolo terminó siendo entrevistado por Fernando y Antonella, la esposa de Lio, dándole una vianda en un tupper del asado al falso periodista. Todo muy surrealista.

Luego se emocionó y le contó su historia de cáncer: un diagnóstico feroz, con un mes de vida y un milagro que lo había salvado.

Ella estaba ahí, seguía acumulando historias poco creíbles y mirando de tanto en tanto el reloj. En algún momento esta pesadilla viviente terminaría. Sólo era cuestión de tiempo.

Él como los condenados a muerte, pidió un último deseo: quedarse a ver el amanecer. Y ella, que a esta altura ya se sentía su acompañante terapéutica, y que no podía pensar que la cita llegara a ser peor sintió mucha lástima y asintió.

Restaban entonces cuatro horas más por delante. Ella prefería subirlo a su auto antes de día que de noche, porque este servicio de asistente psicológica era puerta a puerta. Temía porque él más grande de cuerpo que ella se violentara. De día habría más gente en la calle por si la cosa se complicaba.

Ella en largas horas no había ido al baño, le dolía su espalda de estar sentada en un banco. Pasaron a unas sillas más cómodas. La plaza se iba vaciando pero nunca para suerte de Evangelina quedó sola.

¡Falta menos!, se daba ánimos ella. No sabía si reír o llorar sin lágrimas.

En un momento dado, ya casi en plan de amigos, ella le pidió que le mostrara las mujeres de su Tinder. Él le dijo elegímelas vos y se fue a orinar.

Ella se sintió tentada por abrir los chats de la app. Lo hizo y oh tremenda sorpresa. El chateaba con una amiga suya a la que ella al día siguiente le contaría lo sucedido y también con hombres en un tono sexual muy caliente. Sintió asco. Soltó el celular.

Amaneció y subieron al coche. Ya habían runners ilustrando la plaza. Lo saludó, él le agradeció tener una nueva amiga y ella siguió viaje muy confundida. Tanto que se perdió. A poco de salir a autopista él ya la estaba llamando.

Evangelina se acostó a intentar dormir y hacer de cuenta que había sido todo parte de una horrible pesadilla.

Él le pedía llamarla, que se había quedado mal. Ella le dijo que estaba cansada.

Esa mañana Evangelina cerró todas sus cuentas en Tinder, Happn e Inner Circle. Y acto seguido, eliminó las apps.

Al día siguiente entregó su celular a sus amigas y ellas le bloquearon a Fernando de todo acceso posible.

EPÍLOGO

Estas trece historias nos hablan de potenciales encuentros que se transforman en reales des-encuentros.

La palabra encontrar viene del latín *in contra* (en contra). Su significado fue variando con el transcurrir de los años. Lo llamativo es lo paradójico de su sentido originario: en contra. Y como un juego de palabras y contradicciones, pareciera que uno ingresa a estas aplicaciones con la esperanza de encontrar, pero las experiencias de este libro demuestran que uno choca una y otra vez con finales poco felices.

Debo confesar que este proyecto nació con la idea prematura, de ser algo así como un compendio de historias de risas, tragicómicas; pero para mi sorpresa a medida que me fui adentrando en la escritura, y en las relecturas posteriores; descubrí que se trataba más bien de sacar a la luz experiencias oscuras, ingratas, clausuradas, obturadas por mi Superyó. Otra vez la escritura apareció con su poder reparador, terapéutico, esclarecedor, sacando a la luz aquello velado por mi inconsciente.

¿Por qué elegimos sostener una cita que viene mal a toda costa? ¿Dónde ubicamos nuestro amor propio? ¿Dónde se pierde de vista nuestro deseo? ¿Hasta dónde corremos el límite de lo permitido? ¿Por qué a veces las mujeres y también los hombres —no es una cuestión de género— en este afán de no morir solteros, hacemos lo que sea para acomodarnos a la necesidad de otro, un otro que ni siquiera a veces sabemos lo que quiere porque tal vez ni él mismo lo sabe?

¿Qué introduce el pseudo anonimato que facilita el uso de estas apps sin reparos? ¿Dónde queda el respeto por el otro detrás de la pantalla o el teclado que genera expectativas?

¿Hasta dónde somos sujetos descartables? ¿Son las reglas del juego aceptar el ghosting, la no respuesta, el mínimo compromiso? Si en una charla cara a cara no puedo escapar corriendo ¿por qué con un dispositivo de por medio si lo puedo hacer sin nada de culpa?

¿Qué implica la responsabilidad afectiva? Gesto humano de pensar en el Otro con respeto, cuidado y conciencia ¿Existe en las redes? ¿Por qué perdemos de vista que hablamos con personas humanas? ¿En Tinder, Happn o Inner Circle hay espacio para ser empático? ¿Podemos corrernos de nuestro ego en esta carrera por conocer rápidamente a otro? ¿Podemos dejar de lado esa cuota narcisista que pareciera que todos poseemos?

¿Qué vacío tan grande nos atraviesa en esta posmodernidad, que permitimos más de lo que no toleramos a otro de carne y hueso?

Si bien la falta nos gobierna desde el origen, ¿porque la agrandamos más?

¿Qué satisfacción hay en acumular historias fallidas, con finales pocos felices o sin final?

No hay certezas. Sólo experiencias ¿Qué aprehendemos de lo ingrato que nos sucedió en las apps? ¿Por qué somos sujetos reincidentes?

¿Qué buscamos y hasta dónde estamos dispuestos a poner nuestro cuerpo, nuestra psiquis y nuestra vulnerabilidad?

¿El resonado "vamos viendo" de la actualidad no es un no solapado? ¿Por qué preferimos vivir engañados?

¿Tanta mala prensa tiene estar solos? ¿Elegimos estar solos o es algo que no podemos evitar? No somos solos, es una condición transitoria, un estado.

¿No es mejor estar solteros que mal acompañados? ¿No hay peor soledad que estar con alguien y sentirse solo?

¿Será que tenemos que aprender a estar con nosotros mismos?

A amarnos profundamente con todos nuestros agujeros antes de entregarnos a un Otro.

¿Cómo podría volverse ese aparato completamente frío e impersonal en el responsable de traer algo así llamado amor a nuestra vida?

El amor se convierte en una mercancía que se compra en el mercado ¿Cuánto estamos dispuestos a pagar con nuestro cuerpo y sentimientos por ella? El amor se vende y consume por catálogo.

Este libro como verán no viene a enseñar ninguna verdad; sólo tiene por objetivo repensar el amor desde estos interrogantes. Pensarnos a nosotros mismos en el contexto de este amor moderno. Es un humilde ensayo a través de historias testimoniales que invita a la reflexión. No demonizamos las apps, pero sí confiamos en que puede usárselas con un sentido responsable, empático, honesto y comprensivo con un Otro no desechable.

GLOSARIO

ALGORITMO. - Conjunto ordenado de operaciones sistemáticas que permite hacer un cálculo y hallar la solución de un tipo de problemas.

APP. - Aplicación. Programa o conjunto de programas informáticos que realizan un trabajo específico, diseñado para el beneficio del usuario final.

BENDICIÓN. - Refiere a los hijos.

CHONGO. - El término actual que usan en Buenos Aires las mujeres para definir una relación que sólo se sostiene en el sexo.

CRUSH. - Aquellos 'ligues' o personas a las que conocemos a través de una plataforma de citas.

GHOSTEAR. - Cuando una persona termina una relación o vínculo sin dar explicación alguna y simplemente desaparece.

LIKEAR. - Dar me gusta a la persona que aparece en fotos.

MAMÁ LUCHONA. - "Es un término que se usaba en México para reivindicar la maternidad de mujeres muy jóvenes, menores de 20 años, que quedaban en soledad sin compartir la crianza, sin recursos económicos y poniéndose al frente de esos hijos para que salgan adelante".

MATCH. - Sucede cuando dos usuarios de Tinder se dan un like el uno al otro.

MILF. - Hace referencia a una mujer atractiva y considerada deseable sexualmente que, por su edad, podría ser la madre de la persona que emplea el término.

NOPE. - No. No me gusta ese perfil.

SEXTING. - Envío de mensajes sexuales, eróticos o pornográficos, por medio de teléfonos móviles.

STALKEAR. - Observar a alguien durante un período de tiempo prolongado en redes.

ÍNDICE

Amor a la carta

Historias de encuentros fallidos en tiempos de apps
Guadalupe García

GUADALUPE GARCÍA

Nacida en el oeste de la provincia de Buenos Aires, Guadalupe García se formó hasta su enseñanza media en un colegio de monjas ubicado en la localidad de Ituzaingó. Luego salió al mundo a cursar la carrera de Ciencias de la Comunicación en la Universidad de Buenos Aires. Actualmente, está a cargo de la asignatura "Comunicación, Cultura y Sociedad" en 5to Año en un colegio de su zona natal. Trabaja en el rubro del Transporte. Y en sus tiempos libres dibuja y pinta, cuando no está entretenida reciclando algo. Madre de Felicitas y con 44 años nos presenta este libro, su ópera prima inspirada en historias modernas registradas ante relatos repetidos de amiga/os y conocidos. Una invitación a las modalidades actuales de conocer gente de modo virtual.